云从汾水起

张鸿雁 / 著

山西出版传媒集团
北岳文艺出版社

图书在版编目（CIP）数据

云从沔水起／张鸿雁著．—太原：北岳文艺出版社，2022.12
ISBN 978-7-5378-6684-2

Ⅰ.①云… Ⅱ.①张… Ⅲ.①诗集-中国-当代 Ⅳ.①I227

中国国家版本馆CIP数据核字（2023）第016627号

云从沔水起

张鸿雁／著

//

出品人 郭文礼	出版发行：山西出版传媒集团·北岳文艺出版社 地址：山西省太原市并州南路57号　邮编：030012 电话：0351-5628696（发行部）　0351-5628688（总编室）
责任编辑 康　瑜	传真：0351-5628680 经销商：新华书店 印刷装订：成都兴怡包装装潢有限公司
助理编辑 马媛慧	开本：880mm×1230mm　1/32 字数：253千字 印张：9.75
装帧设计 书香力扬	版次：2023年5月第1版 印次：2023年5月成都第1次印刷 书号：ISBN 978-7-5378-6684-2 定价：58.00元
印装监制 郭　勇	本书版权为本社独家所有，未经本社同意不得转载、摘编或复制

目录 Contents

辑一　沔水长流

激流辞	002
春风正送初醒的沔水启程	004
把脉沔水隐喻的春心	006
沔水早春	009
我的沔水之晨	011
四月的沔水就是窈窕淑女	013
立夏　沔水将流入盛世	015
月圆初夏　河边遇雨	017
与河流一同扶起夏日黎明	019
打捞沉溺于河流的夏风	021
暮色　从来都是河流的成分	023
途经江畔夜的繁盛	026
追踪一江水声　清凉前行	028
暮江吟	030
与一条河流的凝视不可过久	032
目送河流去浪迹天涯	034
猜想这一条河流的前程	036

对河流文身的辨析　　　　　　　　038

沿着河流的初秋走走　　　　　　　040

携手秋风　沔水将一方江山做旧　　042

入冬　沔水的镇静　　　　　　　　044

静立深冬　河流在等与雪花重逢　　047

在源头　挽留一条河流　　　　　　049

独坐于河流的彼岸　　　　　　　　052

顺着河流的方向抚摸清风　　　　　057

沔水辞　　　　　　　　　　　　　061

沔水长流　每一滴都是爱的拟声词　064

一生都用沔水为自己输血　　　　　066

辑二　定军常青

山曰定军　是舞台更是剧本　　　　070

春深定军山　　　　　　　　　　　073

初夏　上定军山看花　　　　　　　075

定军山上　救兵粮的慈祥　　　　　079

定军大桥　沔水拨动的琴弦　　　　081

在金牛路邂逅古道西风　　　　　　083

仰望天荡山　　　　　　　　　　　085

在鹰嘴崖　等鹰起飞　　　　　　　087

临风鹰嘴崖　　　　　　　　　　　089

夏夜　登顶天荡山　　　　　　　　091

路过陈仓古道入口　　　　　　　　093

天灯寺　天灯宝塔　　　　　　　　096

在天荡山　看一朵白云沐浴天池　　099

探幽走马岭	103
重逢古阳平关	106
老城有莲　惊动一池三国烽烟	108
古塔上只能栖息白云	111
诵读一朵朵高高的旱莲	114
过汉中王设坛处	116
秋夕　古镇听雨	119
在古镇　我极像静止的光阴	122

辑三　田野安详

春风是个好农民	126
龙抬头　使耕牛	128
阳光推开乡野的门	130
是谁・年年为乡村重塑金身	132
如何开启爱上油菜花的正确模式	134
接成熟的油菜回家	137
在麦田里　相遇四月的你	139
初夏　应一场乡村的盛情邀约	141
新叶翻开庄稼的版图	143
麦芒在冲刺	145
三夏大忙	147
有佛　在麦穗里端坐	149
镰刀正为农忙的土地续命	151
风过新麦香	153
一场热恋正将乡村席卷	155
回乡　采摘时令的清香	157

秧正绿　在夏雨里一身仙气	159
盛夏　适宜回归乡下	161
田野雨行	163
山乡听茶语	165
茶树　时间的风骨	167
在伏天　问候乡村夏安	169
我能给一坡苞谷的唯一关怀	172
大豆在田埂上安身立命	176
稻花用体香哺乳丰年	178
在秋风里成熟	180
收获稻谷就是在回收汗珠	182
向一粒粒新米深深鞠躬	184
稻田的歇息来自丰收	186
值守这一田秋风	188
晒谷图	190
乡野的清秋	192
满架秋风丝瓜花	194
致敬冬小麦的一生	196
藕　从泥淖里抬起头	198
有风吹过冬麦田	200
还乡　采摘一束冬日暖阳	203
乡村小雪	205

辑四　家园不老

家在古镇老道寺	208
赤土岭的早晨	211

北环路送我回家　　　　　　　　　214

汉惠渠　用柔情守护一方乡村　　217

低头　向阳安铁路致敬　　　　　220

黄家沟　乡村嬗变的标本　　　　222

温泉小镇的幸福时光　　　　　　226

在阜川　在茶园　　　　　　　　231

镇川安咀　在桑叶里安放身心　　237

村后有座牛头山　　　　　　　　240

辑五　时光有爱

尘世的缘分都起源于初春　　　　244

以最盛的热情繁荣每一个夏晴　　254

霜痕暴露了草木归隐的行踪　　　263

雪花赶来只为证明此冬的清白　　273

乡间端午　　　　　　　　　　　281

七夕总在秋风里　　　　　　　　283

中秋　今夜以圆月下酒　　　　　286

重阳：登多高望多远　　　　　　288

过年　回归乡下　　　　　　　　290

八九雁来撩开春的胸怀　　　　　293

后　记　　　　　　　　　　296

此生　就在沔水的软语里安睡
与这一条河流扶起每一个黎明
目送她去浪迹天涯猜想她的前程
时时独坐于这一条河流的彼岸
顺着流淌的方向抚摸清风
我知道　沔水一直长流
每一滴水都是爱的拟声词
都在为我输血

辑一

沔水长流

激流辞

溪流下山　只为开启
一条江河的一生

走出了家门
就再也没有了靠山
也不可能有退路
只能　自己
推动着自己前行
给自己这一路的冲动
押上平平仄仄韵脚

免不了会有磕磕绊绊
就把伤口当作
下一个出口
用疼痛治愈疼痛
才会有喘息的温床
才能借一缕时光续命
一天天让自己长大

流传一段不会枯竭的传奇

前行中从不曾索取
养育一路风景
催促四季更替
却从来没有过私心
高楼和灯火
无论怎么鲜亮
都不会带走半点

已奔波了太久
却不敢止步
流动　不敢多做驻留
只能不停地告别
一次次离别
把泪水都咽下
悲苦不向谁诉说

在抵达海洋之前
还会有很多的离别
只把遇见的月色
与歌谣都融进血脉
淘出一粒粒金沙
寂寞时就
扬起浪花一朵朵
自己　逗自己快乐

春风正送初醒的沔水启程

树木不解风情　一直低眉肃立
成为扎给河流的篱笆
却挡不住桃花临水梳妆

一两笔横涂的油菜田
正扯来一绺绺阳光的活泼
给山坡一冬的忧伤
抹上了最鲜亮的生动

河堤华美而古典
就显得河道太宽　太过虚弱
水流还没能发育丰满
空旷就挤占了这些荒茫
在山水之间坦然安眠
时间就从空间里走出来

柳枝是最称职的礼仪小姐
正把春江水荡暖

端上这场盛典的展台
山河初醒　还会有
更宏大的波澜等待掌控
此去保重　切不可
为旧梦牵绊　误了此生
误了远方误了行程

天是名副其实的空
蔚蓝是一种无色无形的透明
迎着风　丈量水流的胸怀
云朵只是想瞧一瞧
还会有什么曲折
在鸟鸣啄破虚无时发生

都经历过云涌雨急
也都阔别了潮起浪高
知道该在什么时候安静
能在该安静的时候从容不惊
这才是一条河流的智慧
足够涉水者用一生来修行

把脉沔水隐喻的春心

草色还只能遥看
引诱着胜日寻芳的心跳
就有水流由云影抚醒
抬起头　拦截每一缕风声
过境的旧事就此消融

把脉这一段水流
在成为大江大河之前
面对春光的律动
不能想象此去之后
还有哪些绕不开的前缘

一路不停　越是冲撞
流经的领域就越是宽广
一再刷新世事对悲伤的认知
而河流从来不曾向谁忏悔

阳光明丽　每一条光线

都能够轻易钓起
那一条游出冬天的鱼
从水再回到水　世事已经颠覆

河里有鱼　水边就会有人
还有水草躲在人影后
草木已习惯了在水里扎根
在水面张望这河道里
每一天里都在进行的冷静博弈
会有人来为战场收尸
任凭时光得利　品味哲理

总有一些不曾在乎的事物
情愿挽留意义的流逝
卵石就会一日多过一日
在河滩上堆积前生的记忆

曾在卵石身边嬉戏的那些鱼
此刻都去了哪里
是不是已把肉身献祭了命运
只把灵魂文在了卵石
在流水无力庇佑时
都会赤裸在光天化日下
任凭目光与阳光一一点评

其实　有一些安静并不平静
比如这一簇簇蒹葭的初生

在不动声色间就划破了淡泊
为一段过往的隐喻点睛

有风涌入　有雾渐浓
铺垫长袖在水一方的随时散匿
如果相信　请把手
放在这株年年重生的植物心上
这一瞬就有谁轻轻侧过头
看见一卷诗经轻轻打开
那个古老而纯朴的春天虽然遥远
却依旧少年　正缓缓归来

沔水早春

有一些经历
注定只会成为传说
时光越潮湿线索越模糊
在真相的夹缝里　有苔藓
盛开着低调的欢愉

一缕风的陈旧与新鲜
是不是只有穿越历史的柳枝
才能够一一辨认
濯洗过太多的挽留与离别之后
曾经阳刚的柳枝日渐柔软
允许平静的眼角荡起涟漪
旧时亭台摆脱了姓氏
一次次目送青山与斜阳的韵事
被夜色隐去被朝阳删改

沔水奔流　无暇追究
经不起草木诱惑的那些逃离

云从沔水起

一次次流放光阴
一次次沐浴即将赴约的春山
就会明白　泪水只能安葬于河水
河水只能起源于血脉
已经启程的脚步
从来都不会无家可归
冲动一直就是另一种安静

雁阵掠过河面的云影
并没有惊扰鱼群在水中的奔波
它们各自缝补着生活的暗伤
既然向往成熟　又何必害怕腐烂
叶落时果也在落星光也在坠落
掩埋好行踪之前　只有雪还不会落
阳光从不给谁施加一丝压力
能够剥开层层江河的
只有山峦的倒影　倒影镇住的月色
月色里陈年的宿命　宿命干涸后
暴露的卵石　卵石孵化的倔强

这就转身　为江上的风
为水下的石　为水中的星光让路
山野与浓绿都已枕云入眠
彼岸并不远　与现实只隔一条河
河里是彻夜不休的流年心跳

我的沏水之晨

雨后的青山离双眼太近
梦境融化成这气息的温润
繁花已成为往事　新翠掩埋了姹紫嫣红
新叶向天地冒着热气
就像那些流过血的伤口终将愈合

一夜之间　这条河已返老还童
太多的老人涌上河堤
只为观摩一条河流的养生之道
是不是就可以把春天留住

这是谷雨后的第一天
天地很清新　树木很精神
蒹葭初生　清露初凝
开始营造前世注定的意境
然后静候佳人莅临

顺着鸟鸣　就能看见

云从沔水起

山坡上弯腰亲吻新茶的乡亲
云雨就会到处留情
秧母田只能忍辱负重

彼岸的景致总是那么诱人
在近处　就很容易看清一些真相
春风剥下了万物的伪装
雨生百谷　也暴露了一些死亡
而死亡总是与新生并肩站立
一再把光阴的脚步提醒

四月的沔水就是窈窕淑女

四月　沔水正在发育
水面还配不上沔字
杂草享用河滩和自己的春天
并不在意即将来到的劫难
芦苇刚刚冒出水面
有着少年那干净的眼神
雎鸠的叫声定格了泛黄的诗页
响彻了千年之后的河之洲

刚刚从诗经里探出头
一地的车前草再也等不来
采摘时欢快的指纹
而小麦在风中渐渐丰满
想要告别春色的心思
很是细致　也很是焦急
就举起芒尖掩饰眼帘

四月　沔水正在发育

正是那位伫立的窈窕淑女
看上去还那么文弱
却顶住了两岸高楼的沉重
让途经春色的那一只飞鸟
分不清虚实　在时光里迷路
任凭声声惊恐在眸光里
荡开纷乱了云天的一圈圈涟漪

四月　沔水正在发育
淑女窈窕的身姿伫立已久
参差的荇菜还小　还承受不住
少年凝视时忧郁的眼神
这堤岸上重叠的脚印
就算已日渐陈旧
也依然是连通水天的驿站
是风与光阴的出入口
它们必将在此相会
一同把沔水护送到成年
直到看见她有了丰盈的模样
再一同把依水而居的众生
护送到光阴的尽头

立夏　沔水将流入盛世

这个本该晴朗的时节
云却喧宾夺主　天气预报也说
明天后天都会是雨
那么　我也该渐渐习惯阴郁
渐渐忘记那些花事　忘记春天

云朵揽江面为镜
顾影自怜　又消失于无形
水流正忙着把昨夜彻底埋葬
那些云　有没有看见自己的前生
而流水从不问云的去向
水知道　云终将归来
就在这轮回之间　有植物暴露了时光

是时候了　所有的花朵
都应该全面撤退
退到一粒粒正在饱满的果实里
顺着沔水而行　有布谷羽翼渐丰

云从沔水起

只用一声　就啄破了农事
收藏了阳光的油菜籽安详沉稳
并不想对风说些什么
而风　只是吹向风
对于静静的麦田　对于热闹的古镇
风　只是一个过程

天地始交　万物并秀
槐香让这个日子满是光芒
蛙声将鸣　蚯蚓一直在寻找时机
想要伸一伸被生活压弯的腰身
别急　沉默够了　阳光会阔绰地开花
而我　也该放下对尘世的积怨
给每一个日子仔细地灌浆

月圆初夏　河边遇雨

等待一场约会的山河
正洗尽铅华
在宿命里露出了本我
轮回总是来得太急
执念不曾放下就已经没落

都说月色如水
这一刻　雨水就是月色
还原阳光的指纹
满目红尘　无一不沦陷于失落
与雨珠一起跳动的
唯有不甘寂寞的霓虹与灯火
是不是　只因浮华太盛
这才把阳光赶到天外
才把月色赶进诗里
把诗赶回纸上
不是一直在传说
能量守恒　阴阳平衡

云从沔水起

已过立夏　天气还一直
沉浸在春去花落的悲痛中
而满怀期待的庄稼
正在习惯农时不按节令出场
雨来不惊　风去不留
要赶在镰刀之前
小心翼翼地快乐生活
把自己直立成万顷阳光
用心为大地制造营养

而雨来时　我正在古道上
正溯河流而行　溯暮色而行
雨滴　轻易就把我包围
在我眼前停驻　静止　晶莹
只是为了让我看清云的起源
河的兴盛　历史的潮流

与河流一同扶起夏日黎明

初夏　微风拂过
娶走了沣水两岸的春色
此后的夜会有繁星
萃取绿窗下
那滴露珠里珍藏的光阴

波纹细碎　不急不缓
梳理着阳光的鳞片
水已不再是春水
已学会了原谅
每一尾鱼对自己的推进
都是每朵浪花
对那片海洋的执念

一生都赤条条
伤痕都已成甲护身
鱼知道一条江的归宿
知道旧梦不曾逝去

云从沨水起

都在海浪里起伏

浪花凋谢　导引着水流
水流在低处匍匐而行
为夏风指挥出一条生路
水与风相依　用低深的哨声
指使光阴有序撤离
给众生留出皈依的间隙

水边　传来的呢喃声
是青涩芦苇正在劝说浮萍
即使有风在一天天鞭打
蒲草依然挺拔　抽出长刀
不为谁低头　在日落后
就自己为自己举起一只烛
护送江流彻夜赶路

目送沨水由春入夏
岸上的人有没有看清
自己落进河流里的身影
就是一尾鱼　是尘埃
缝合了人曾经的腮
汹涌人潮剥掉了曾经的鳍
唯一不可更改的是
必须逐水而居　时时
把灵魂投入江河里

打捞沉溺于河流的夏风

太阳一再挑唆
风就有了对生活的热情
黄昏一点点拉长云影
只为掩护一些事物
面对命运的神色

一辈子寄身田埂
张望的眼睛就在内心
双掌合十　让虔诚都饱满
一粒粒蚕豆正是青涩
却被挤出了田野即将的繁盛
肉身与灵魂只能就此告别
秧苗的地位由此可见
夏日的地位也由此可见

其实骤雨真没有什么企图
只不过是想让天空能名副其实
都想顺着一线光亮

攀登到更加辽阔的境界
可只要曾来过
就会留下足够的痕迹
没有什么能够
挣脱时间持续的追踪
在这来去之间总有一丝线索
会不会被月光窥见
都该有着一样的心安

一入夏　太多的人
已习惯了沿沔水看风
趁着暮色的掩护
捕捉一直在耳畔唠叨的旧梦
是不是就能在燥热里静心安睡
是不是人生就会风生水起
就能占领每一个水波泛金的黎明

可无论风怎么撩拨
岸边的柳枝都哑然无声
不知道对这掠过季节的足迹
是该挽留还是送别
该以哪一阕词为背景
只知道有一天他们都会沉默
就像高处的云朵
终将要落回江水的掌中

辑一 沔水长流

暮色　从来都是河流的成分

河边　这仿古亭台
是不是一个光阴的取景框
一时之间　不知自己来自何方
忘记了自己身在何时
星星和灯光已开始对峙
而夜晚不容我主宰

一些问题总是深沉如夜色
那些纷乱的字词总想
成为一朵浪　从水面溢出跃起
在又一次重重跌进河流时
就能泛起一片浮光明亮
如同那个一直潜在生活底层的人
挣脱纠缠后抬起头夸张地呼吸
掩盖了这夜幕里灯影的细长

世人总是习惯为自然做主
那些臆想经江河一涮

就一片空白
只有身边静静的河流
从不问今夕何夕

河流的对面
定军山已回归黑夜
给了每一株青松成长的自由
再看不出与其他山峦有什么不同
河流的两岸　有风
也在忙着赶路　赶赴
一场冲刷万里大地的盛宴
只有钟声　在把
每夜的心跳一一清点

而此刻　能和这山河为伴
我就像水边的一蓬青草
轻挽每一阵途经的风里的清凉
只为追逐光阴　从不分辨
是阳光还是月光　或者
有没有星光都不重要
一片片叶的尽力舒展
只为根的律动都能一路顺畅

其实　有没有我作陪
河水照样东流去
水边的草木都一样浓绿
我倚山面河　就庄重入定

请夜晚为叶脉注入本性
任凭河水起伏或者专注于远方
不为两岸的痴恋而停步

山因不动而厚重
河因流淌而灵动
初夏　草木恣意蔓延
一如那些黑暗
一面旌旗也想挽留一季风信
而我又能挽留些什么
河流一天天上涨
一转眼就带走了那些暮色
带走了落入水中的那些旧时光

途经江畔夜的繁盛

月出惊山鸟
却惊不了西楼渐高
高楼里的明灯
灯下失眠的孤人
正一夜夜寻觅地上的白霜
一夜夜都想不明了
霜色何时就侵尽这双鬓
再也不肯离开

笼中的鸟鸣
并不能让一座假山更幽静
为抱紧晚归的夕阳
那座山已搬离了歌舞起处
留得这一片广场
偷窥尘世是如何在张扬中衰老
舞者夜夜逐水而欢
是否就可以挽留
光阴倒影里盈袖的暗香

而春山在新雨后
挺立千年　一直不肯杀青

芦苇伸长手臂
接应人影与心情隐匿
江流的潮涨潮落
都在堤岸的意料之中
霓虹总是太亮　人声总是鼎盛
共饮此江水的两个人
可能这一生都不会相逢
花还在开而月光早已羞涩
唯有路灯痴情
——删除时间的行踪
而风　已修正了黎明的路径

追踪一江水声　清凉前行

暮色涂黑河面
关上了浪花出没的门
霓虹　不愿水流独自摸索
就在彼岸一同亮起
成为河流行走夜路的眼睛

河流安静　不敢惊扰那些人
用力捕捉晚风的虔诚
这样的江畔已不再适合
一阕宋词生存　月光害羞
找不到那株柳梢藏身

飞蛾扑火值不值得歌颂
灯光照亮的并不是大唐春夜
有没有哪条河流能够倒退
回到起源的那个星空
书生的吟诵还在风起时传唱

两岸　每一枝树梢都伸出臂膀
为呼吸擦肩而过的贪婪
输送最浓绿的血液　最柔和的目光
其实　此岸不过是前世的一江白帆
跨过大桥　彼岸正在映现来世
而这已与河流无关　河流只有今生

江河的途经从来都很决绝
从来都没有考虑返程
就像有一些谜面不一定有谜底
江边的人就在霞光里舀一瓢新欢
又在夜色里重回古代的涛声
看尽水波在江面雕刻
昨夜旧梦仿古的繁复花纹

能来这河边走走的人
都已翻越了时光正抵达内心
云朵降落　正沿一江水声
追踪着夏风过境的行踪
一路捡拾起生活里细碎的提醒
河流已不再敏感而多愁
敢于接纳无处寄身的云影
云影下在灯火明灭里挣扎的行踪

暮江吟

阳光撤离
并不能让江流惋惜
水波依旧起伏
河畔的灯影
更加妩媚更加迷离

三五钓者放长线
静待城市
最亢奋的心跳上钩
夜色欲说还休
俯首之间
一江碧水就牵走了
星光的温柔

远眺一座不可见的山
或者在露珠的光芒里觉醒
这只是一个人
一瞬的心念

与有没有月无关
鸟鸣从王维的诗中来
对乐舞视而不见

风过并非无影
那一朵隐身的花
乘机吐露自己的爱情
惊散了太多的寂静
人可以停步　而河流不行
前方　每一茎草都已伸出手掌
只能一直奔涌　无休且无眠

有谁深陷其中
轻易就把谁掩埋其间
暗夜与江河共谋
不在乎是雨滴还是一瓣瓣云朵
或者是想要出人头地的山石

会有高楼在两岸挺直
为那些日渐消亡的时光
砌起坟茔　再耸立起
一座座墓碑

与一条河流的凝视不可过久

河道宽阔　河道悠远
还是看不清匆忙的霞光云烟
还有满河的雾霭
也隐讳着天地在河面交欢的谜团

河流从不羡慕池塘
也从不把圆满作为追求
就在百转千回间
已养育了两岸的万千风景

有多少人叫一条条河流为母亲
其实他们已经不顾及辈分
为逝者洗礼　也为生者洗礼
河流的模样从不因人的喜恶而起伏

水草属于季节　帆影属于渡船
鱼虾属于钓钩与网绳
河流一直一无所有

一次次的舍弃才有了此生勇往直前

一朵浪花祭奠一滴逝水
所有的牺牲从来都不无辜
有风熨烫历史的褶皱
水面无痕　总光洁如新生的肌肤

那些渡河的人
只把肉身送到了对岸
而灵魂已淹没在时间里
一到冬天　河床里那些卵石
就暴露了钙化的真相

只有足够的高度
才能读懂河流在大地上的草书
以入地三尺的深刻
河流把伤口绘制成了艺术

目送河流去浪迹天涯

独坐了太久　灯火又是黎明
应该去追随一条河流
到世间的最低处走一走
迎面而来的　越陌生越好
都已经到了这种时候

其实　所有的河流都起源于高山
定居城市的那人老家都在乡村
而一出山　河流的走向已不由自己决定
该说出的话一定要说出口
越是悠远的河道越有太多的隐情

河流一个拐弯
就孕育出一片新的时间
总会遇见曾经青梅竹马的小妹
踏着露珠娉婷而来
舀取余生担回清澈的童年

能看清河面在阳光里
冷眼旁观云天炫耀两情相悦
却不知晓　水流藏在往事的背面
抚慰一片片奔丧而来的白雪
风起时就面带微笑
独自应对紧追不舍的明月或者桥面
哪有空问一问这一路错过了什么

把一同出发的山石
都亲吻成一颗颗盲从的头颅
而河流自己　却一直我行我素
慢慢反刍日常的一些失误
那是堤岸的事情
水草起伏　来不及为河流注解典故
荒凉或者繁盛都是一种风景

堤岸越来越奢华
改变不了河流越来越肤浅
就算曾捧出过那么多的浪花
也只能一一收回一一埋葬
两岸都是沃土　宜于庄稼葱茏
更宜于高楼生长栖满繁星
而城市的荣耀总与河流相关
还任重道远　怎敢长久地停歇
温柔乡从来都是英雄冢

猜想这一条河流的前程

隔着岸　远远地注视
远方就以莲的风姿让我彻悟
这条河　有没有深渊暗流
我　可不可以　涉足

就以一尾鱼的姿势起跳
我知道水修行的方向
总会有我触不可及的惊慌

暮色呼唤着雨
雨湿透单薄的流年
还能看见远方的云影
而河流悠悠　淹没了所有视线

只要还有一丝风
所有的幸福都会现出原形
因为光阴从没有缝隙
才会去眺望　望见暗夜里的繁星

默读一本关于未来的书
在我念念不忘的村庄
就这样三三两两地回望
那些深浅不一的低声告白
终将淹没一颗单纯的心

一朵浪花的张望
就乱了心底起伏的欲望
平缓或者曲折都要去往远方
经历了太多
是谁　走出了自己的宿命

曾经的追问都归于虚无
一些水流越过今夜
终于触及了浮华背后的伤
前方　还有没有你弱弱的身影
风起时谁还伫立在潮头
时间之上　远方已不再幽静

流动　或者安静
都与一处地域的命运贴近
因水而生的乐园一直都在守候
可谁　愿意成为谁的俘虏

我们还剩多少时光
而眼睛　从来不回收泪水
泪水汇聚　足够为你铺一条坦途

对河流文身的辨析

柳叶如刀　立于两岸
一天天把河面的风切割
而所有的风总是善变
前一分钟还是温情
而这一刻却已透过了我的身体
告诉我自己早已空空如也

而山很稳重　不为所动
任凭风以各种名目而来的撩拨
始终保持仰望的姿态
不为一叶一木离去而彷徨
唯独　因一场雪
就白了头　让止不住的泪
成为一条河的起源
而寒暑　布局了它的肌理

逐水而居的草木
从不过问那些情事

只关心什么时候开花
什么时候结果
什么时候在一场野火里化为灰烬
然后　任水流带走身影
带走自己的一生
沉淀了曾经的沧桑之后
内心有多纯净　纹理就有多晶莹
就在波光里　相约满天繁星

湖海还远　时光却没有学会拐弯
必须节制速度和情感
守住底线　掌控好疆域
要赶在涨潮前打捞起涉水者的灵魂
还要感恩堤岸的良苦用心
感谢有草相伴有石磨炼
感谢鱼虫一辈子都不离不弃
以生命为饵　钓众生为逝水赎罪
只有风听得懂冰凌的隐喻
一再压低我空虚的身体
把自己扔进命运长河
才能看见岁月溅起的年轮

沿着河流的初秋走走

一入秋就该
抛下城市楼影与车声
趁着暮色越来越早
去投靠一条河流

愿意去依偎在水声身边
就是还心存善念
还能接受幸存的草木鱼虫
对世事的批评教育
学会爱上夜色与清静

有水草青青　一直
在时光里坚守　为这条河
标注着过往和过往里
在水一方的佳人
曾经现身与隐去的背景
少年的吟诵
总是一直不甘沉沦

在灯影里默行
向为水面化妆的灯光致敬
眼波流转间却不敢发声
在水中绚丽和
身边光芒的双重辉照下
只能在这对称美学里
经受住双重震撼哑口无言
不过问河流夜夜盛装
面容早已被风揉皱
一脸沧桑早已掩饰不住

陪河流被夜色淹没
任河风抚摸
还能看到的星辰
就把我送到千年之前
旧歌谣正绕着芦苇
一声声呼唤
为一首诗喊魂
每一个语词都来自野生

初秋在暮色里
沿河流走走
都能拨开一丛丛茂盛
抵达一只水鸟
让我念叨过千遍的
关雎这两个字
找到自己的真身

携手秋风　沔水将一方江山做旧

这些手过于粗糙
不可能抚摸过历史
应该是秋风水流守信
轻易就将一方江山做旧
将天地领进旧时涛声
一盏盏孔明灯亮起
就把我们困在了三国

浪花淘过头顶云朵
有蜀汉旌旗林立
托起丞相府前森森月光
而茅庐如故还在等
马蹄声踏雪而来
不远处金戈寒光
正沿着沔水踏浪而来

有风吹动新植的芦苇
草船镇定一方水域

不为借箭　只等
不曾老去的阳光来栖落
而帐影经不起雨浓
面对夕阳又吟诵着悲歌
雕花窗太薄
总是留不住灯火
留不住灯火后的身影

只能遗憾　不可能看透
八阵图的种种威猛
一声车鸣就破解了结界
堤岸下　江流总是匆匆
有时尚丽人驶过
车轮翻新千年云烟
谷正黄　割谷的那人
已不再是士兵模样
秋风兴奋　一遍遍拂过
探头打听岁月的新苗

端坐亭台不一定就在恋旧
不必成为老气横秋的人
像那一个枯树桩
一天天目送江水向东
这就起身　羽毛扇还给清风
旧梦还给时空　似水流年
还给沔水不知疲倦
之后就可以打开时光之门

入冬　沨水的镇静

寒风越吹　冬夜的灯火越旺
线索已经汇集　穿越世事的脉络
草木低头　村庄安静生长
封存一些生命　成全一些风景
从来不在水流的愿望之列

水流之上　一直有风
一直有风引诱我
引诱我看清哪位佳人在水一方
而如今　风正在令白露为霜
蒹葭已没有了初生的模样

万物蛰伏　不再雀跃
不再告诉你我大地的内涵和落寞
这才让一些鸟影蠢蠢欲动
总想啄破笑容的僵硬
而所有的秘密使命已在天亮前完成

薄冰融合了缝隙　世事光滑美丽
路上有太多的行人跌倒
在岁月里终向生活俯首称臣
宿命里埋伏的厄运与喜讯
总会一一兑现　兑现在最后时分

一季又一季的荣枯
已供奉在时光的祭台
众多的树木选择了为风声让路
与不堪的事物周旋得从容
才能让生命的疆域如此广阔而充满诱惑

上善若水　所有的水流
都曾被星光和群山久久托举
现在正试图把民间与上苍悄悄连通
雪花　这些远嫁豪门的女子
回一次娘家就痛哭一次

垂柳拂尘　尘归厚土
并没有把大地的伤口愈合
凝固的水流还能不能用来解渴
禁足的剪影里满是童年歌声
新修的亭台里有没有旧时的送别

寒冬的清晨　顺着一条河流回溯
我贴近冰花打一声招呼
说清楚我只是路过

重回春的枝头才是我的目的地
有一些行程需要迂回

总有一些途径必须去路过
如果在冬的门前　暴露了命运的行踪
会有大雪容我藏身
而河道蜿蜒　会以恻隐之心
还原所有被冬天删减的隐秘情节

谁能阻止大地呈现生命的本质
谁能改变一条河流的行程
重逢　一直有万千种形式和可能
那些羞红的词句
定然会高扬在梅香的风中

静立深冬　河流在等与雪花重逢

雪一落地
时光就会慢下来
能看清万物
路过世界的脚步

在雪地上撒野
是一件幸福的事情
雪花没有洁癖
也不需要有人跪拜
如果谁还有童心
那个雪人就会一直微笑

拐进深冬的流水
恬淡了许多
允许冰贴在胸口
细细倾听天光途经时
不曾倦怠的心跳
安心等雪来
伏在自己的双肩上

云从沔水起

诉说重逢的路径

曾经对冬日的河流
总是没有好感
那个夏天答应过的
会长久相依相伴
可走着走着
就板起了脸孔
好在还有两岸卵石
可以信任　不会走散

在寒风里站久了
才明白这冰层之下
水流温热依旧
静下来　慢下来
只因不敢不忍再放纵
越来越稀薄的慈悲
和对世人的怜爱

雪花落进河面
就是身披着袈裟的僧人
隐身于寺院禅寂
只要埋葬足够的云朵
水流就会上涨
就能漫过长长冬天
重新以人间喜好
装修即将入驻的春风

在源头　挽留一条河流

一

因为阳光　所有的方向
都是最恰当的启程
因为微风　所有的安静
都是最有觉悟的倾诉

唯有河流　最懂得修行
最懂得该舍弃的舍弃
该简单的简单
该拐弯的时候绝不莽撞
苍天给了多少
就还给大海多少

敢于对天地万物
敞开胸怀　一一表白
无所谓风来雨来　无所谓云影相逼

从不问　来到的会不会是伤害
从不说　昨夜的露珠里蕴含怎样的无奈

在万家灯火里守住一方暗淡
才能寻找到月的轨迹
月光高过人间　看尽悲欢
却这样低眉顺眼地生活
那我们　就在静默里隐居
不辜负河流在漂泊之前
曾经一览无余的话语

二

白云俯瞰过多少人世
就背负了多少生存的秘密
必须来一场暴雨
光阴才不会无辜死去

就在水流里
卸下万重风尘
熟识的话语都已换了容颜
此刻　那一句问候显得如此生分

收拢杂念　收拢声音
就打开了一扇任意之门
就能看见被我们忽略的风景
也能忽略我们对日常深深的怨恨

相逢　也只是一次
可以被忽略不计的造访
就在这暗夜里沉默
既不失意　也不失信
更不会被世事围困

三

夜色掩饰着时间的伤疤
不必说话　水声救活了多少往事
远处　河流与道路早已媾和
由浅入深　由表及里　缠绵似火
夜空回收了声响　锋芒悄悄潜伏
远离了水　俗世就再无风景

有谁　经得起黑暗的煽动
不会在沉默里辩解
多少光阴才扶正了坐禅的身姿
灯火守口如瓶　从不说破夜色带走了什么

那就安静地在河边伫立
看世人热闹地生　热闹地死　热闹地消失
四季将归于冬　万物将归于空
没有谁　会在意你我的到来　你我的离去

独坐于河流的彼岸

一

在命运深处
让自己成为一处制高点
是不是就可以看清
那些已经消逝的行踪
而风声正在让光阴错乱

一天的气数将尽
赶紧到时间里去隐身
是你唯一的退路
我已放下繁花
放下了一生的修辞

群山下蹲　河流匆忙
要在天黑之前找到自己的方向
而命运早已赶到了对岸

原本遥不可及的你
此时离我这么近

二

似乎　清晨有过细雨
一些温润渐渐干枯渐渐死去
鸟影已不知去向
云霞的命运从来朝不保夕

相见恨晚　沉默无言
其实只有一条河的宽度
花香终将被果实遗忘
白天播下的种子
都是在深夜里发芽
一个人度过漫长的黑夜
是世事最初的考题

灵魂的刻度
必须向时光深处延伸
我们的景色
在目光之外已荡然无存
有一些际遇
必定在岁月里走失
又一个黎明
已是下一次轮回

远山悄然隐身
为重生准备着剧本
云影从来坦荡
不在乎日月划过的印痕
而我也知道
你曾敲过我的房门

生命对岸
我只是一个过客
只有一个侧影留给万丈红尘
不必再挣扎
我且静坐于密林
等待黑夜占领我的肉身

三

双手正要合十
晨曦已退化成晚霞
太多的想象
耽误了我们的行程

念念不忘
会不会走火入魔
该把最初一一放下
会有呼唤
点燃无声的灯火

每一处细节
都已烂熟于心
不必害怕会记错了方向
时光勘破了所有的迷茫
只有未来还在风中四处逃亡

花已开过雨也飘过
而树木还在
黎明还会回来
曾执子之手
余香已融入掌纹
之后血凉心静
让失误的相逢
重回本分
而每一根华发
暴露了那些非分之想

四

只能在此岸坐禅
彼岸的事物都不归今生管
曾经　试着面壁
而白墙慢慢风化为沙
填充了河流留下的空虚

阳光就算很迟缓
也终将从身体里抽离

草木们习惯了自生自灭
这么多年
它们跟时间交换了什么

就在长久的对峙里
彼此相认彼此相依
面对阴晴面对昼夜逆来顺受
悄然探究土地的秘密
在这样的时光里写几句诗

远山静卧
目睹了太多的生离死别
在世俗里找准位置
我已落地生根
深爱草木
而它们却从不理我
没有哪一株深根
要跟我去私奔

顺着河流的方向抚摸清风

一

风有些急
急着催开花朵
又急着催落枝叶
而时间见证了一切

沿途尽是尘起尘落
一些情节被堵在来处
远眺　这个世界原来自成一体
只有我们在这之外　孤独

岁月暴露了草木
想要说的那些私语
种子只好保持沉默
因此　我也不想打探
光阴里到底发生过什么

只有在冬季
大地才会交出赤裸的美
只因　经历了太多太多
早已无牵无挂　心无负累
就这样　任风从暮色里穿过

越是痛　越是不动声色
远山　在风中已修行成佛
我们是不是该去山中
从此　一生都不再漂泊半步
然后　慢慢风化　慢慢在土里相融

二

不能　在风口
长久地张望
目光经受不住
渐渐变凉的气息
冷雨迎面而来
有人　在光阴里
倒退着离去

不必　拾起露珠
暮色里醒来的温暖
依附在雪花的每一瓣里
路一直都在

无关雾散与不散

不要　与一缕花香相约
想在春天里重生
就要抹尽前世的风声
山高　是因为
掩埋了光阴太多的过错
已经没有了退路
从前的模样只是匆匆过客

总有草木愿意托起
更高的高度
会有鸟影呼唤你起步
板桥有霜　悄声嘱咐
别忘了带上佛心
去面对世间的繁芜

三

领着阳光和清水
跨过命运的一道道门槛
却站在了开始之前
而岁月早已出轨
还夺走了头发里的黑
哪一只手可以细心调校时间

夜色融化的恩怨

在晨光里全都各归其位
没有谁愿意回到从前
何必说从前曾经有多美
想要的　不想要的
都跟在身后跌落了一地

这个世界很大
却没有多少你想知道的事情
灯火揭开夜幕的一角
心有不甘的人忙着为承诺寻找着驿站
语言让生活变得万分可疑
就算你心境坦然

风再勤奋
也无力改变山高水低的宿命
再精美的镜子
最终拥有的也只是灰尘
想在一卷经文里安身立命
独行者只能一直独行

沔水辞

一路向东　就与
一心西去的蜀道
在这一方地域相遇
本应对饮长谈
却擦肩而过
水就汇入长江
道却通向历史深处

这水　这路
就以沔字命名
这一处水润的陆地
沔州　此地有幸
世世代代有福

这个州　有山峦拱卫
有水流传递风声
是茶树捧出草木之心
还有各种树　以身作则

区分四季　融合南北
有了天荡与云雾润泽山乡
山妹都是金凤凰
红枫与银杏最爱风韵
按时挑染秋色

沔水流过定军山
从不让时光断流
偶尔重现古时浩荡气象
只是想查看一下
两岸的儿孙
是否还稳重而舒缓
以一份平和
注释这一方水土
自尊里的淡定与自信

阳平关的凝重
旧州铺的兴荣
都已被沔水
送进光阴深处
三月旱莲红　八月汉桂香
在沔水南北灵魂互动
可以覆尽刀光剑影
也可以为千年悠思点题

对三国纷争的理解
又怎能止于

几处遗迹几段演义
青山依旧　还在研究
天汉阴晴星月明暗
夕阳又红　一直在描摹
地上人情世故
有怎样的山高水长
自会有怎样的
杂花生树　稻花飘香
也会有怎样的与世无争

风过沔州　涛声清澈
总有新的歌谣
顺水顺风顺应潮流
不急不缓之间
就成了旷世经典
塑造了一方水土的性格
引领几代风骚

这一江沔水长流
却愿意留下故土深厚
容许两岸的人扎根
生养万千草木
挽留一世世清风白云
以风水宝地的神秘
早已教会了生灵
从容自若　傲对流年

沔水长流　每一滴都是
爱的拟声词

潮落　江流满足而充实
水波已展开翅膀开始滑翔
有浪花撕开风的间隙开始奔跑
一道道伤口在跌跌撞撞中
延伸出一个季节的高潮

在此之前　天空是一张宣纸
任由水墨书写出浓浓淡淡的内涵
一滴雨从一朵朵云里发芽
刚抽出的枝条带着降生的隐痛
和击退燥热的清冽喜悦

只属于这片江山的真相
因为柔情的冲锋而一一浮现
河面能有多宽阔
江流里的水就有多安静
俯身大地　只不过是想听清

风云与盛夏相逢时的喘息
咆哮总是难以持久
洪峰从来只能一掠而过

从晶莹透明到一江混浊
一路上处处贪"财"好"色"
才能让一滴雨深深融入江河
能让一条条河流得以发育成长
浪花拼命从平静里泛起
只为举高每一朵爱的拟声词
现在　再坐下来细细辨认
藏身于静寂里的种种细微声响
就能让波涛平复了内心
把倾听当作最本质的诉说

就在此刻归于寻常
于河堤之内安分守己
以什么都不再说的顺从
一本正经流过注视
图一个前程　谋一处海洋的胸怀
只有吻过海浪的海鸥知道
海水已不是雨的滋味
每一滴都是眼泪的苦涩

一生都用沔水为自己输血

出生在我出生之前
却不会在我死之后也死亡
眼前　这条河流
曾是我的父母
现在更是我的兄弟姐妹
将来还会是我的子孙

从诞生之日起
这条河就一直在流
可无论我什么时候来
她都还守在这里
并不会躲开我的探望

阳光起落的清晨和黄昏
河流都会向陪在身边的我
赠送满河的金光与涛声
之后　我们各自前行
河流河的　我忙我的

再与这条河流相逢
河还是那时的河
水已不是曾经的水
还有　越来越帅气的河堤
两岸越长越粗壮的高楼
我还是不改姓名的我
风已不是曾经的风
时光成群结队离去时
已抽走了我眼里的光芒
取走了头发里的青涩

此刻　我抱紧这条河流
痛哭流涕　只想
用她的波涛声掩埋哭声
用她的清水冲洗泪痕
我知道我正在老去
而河流依然年轻又调皮
莞尔一笑的浪花都很活泼
就算在夜以继日地流动
却永是一身轻松欢快
不像我　面对每一滴水的逝去
都难以平静　都心事重重

河流还在匆匆流动
并不想打听我的经历
而我必须要向河流提问

她婉拒了多少青山的挽留
又送别了多少云影
还将再送别多少日月
她的一生到底牵挂过谁
又会为谁而停驻一刻

其实　只有堤岸明白
昨夜　河流收容了那么多
背井离乡的豪迈山洪
只是想抬起头来
数一数岸上的脚印
只是要看清我还在不在
确认我还在时光里
还能目送水流向大海

此刻　我只想与这条河
只想与河流的清波融为一体
让她成为我身体里的血液
用她安详从容的清澈
显影我一生奔波时的纹理
纹理中永远不会被风雨
啃食掉的命运胎记

定军山是舞台更是剧本
一直高擎起三国故里的标签
就在这一方土地上
我在临风鹰嘴崖 登顶天荡山

辑二

定军常青

山曰定军　是舞台更是剧本

总会有山石在分分合合里
挺起腰身　记载时光的刻度
写下一段三国争雄的印痕
岁岁草木的茂盛　只为
阻止光阴被风雨剥落
给阳光注入沧桑的气息

有山崖增势　有青松装点
沔水南岸的定军山
早已忘记了自己曾是古战场
任时光一次次打扮
成为高高矗立的一方舞台

一场大战　黄忠劈夏侯渊
在三国　在山上　只用了一刀
一旦落入演义　成为剧目
已在舞台上挥了无数次刀
沧桑了几千年浪花里的夕阳

而沔水不改　滚滚东逝
千里行程就是这一方舞台上
款款掷出的一袭悠长水袖
身后有十二连珠不老
只为衬托这千尺白练汤汤

十里定军草木香
每株草木都是凛凛靠旗
扦插于早已逝去的英雄后背
松林长青　松针苍劲
为老生戴上这副如戟髯口
风过松林　涛声阵阵
还在替每一位伶人吊嗓
时时惊起山间风云

天地为幕　按时开启
日月打光　照亮九龙口
东山门出将　西山门入相
彻夜烛火是中军帐
督军台上令旗分开生死路

只是　云卷云舒
朵朵白云吹散了板鼓声
饮马池边　水波不兴
一匹匹战马悠闲
早已将一段时光定格

云从沔水起

就算再次披挂起铠甲铮铮
也不会有山水喝彩鼓掌

风吹千年　定军山依旧
任由岁月击节而歌
草木葱茏　掩不尽簪粉胭淡
人间大戏一直不曾落幕
春风将大地翻新
时间又捧出新的唱段

南门花正好　粉黛正绯红
曲径幽处有新荷初露
绿柳遥指有小桥流水
兰花已替佳人翘起纤纤指
芍药曾随贵妇仰起雍容
莺啼燕语龙凤呈祥
无人不说定军山上花正好

日升月落　草荣草枯
哪一天不曾有清风白云
正轻轻抚摸定军山
替这一方大舞台
一次次翻开新的剧本

春深定军山

有了枝丫挺举　新生的嫩叶
得意洋洋　闪烁着清澈的绿光

灼烧天空　灼烧时间
把春天焚尽　不留灰烬
风中　满是花瓣不甘的呻吟

小草慈悲　愿意拾捡起每一处空白
给予生气给予葱茏　让土地灵动
扶起早已被风抛弃的旧事
旧事里早已不能言说的浅淡背影
这春天从来就没有等来她的主人

雨后山间最需要的是安静
一滴清露正引领草木通灵
不必俯身去细细辨认
石碑都是成功者的历史
属于卑微者的只有一些泥泞

早已被流年深埋　就算曾有过爱
已在尘埃里成了谜团　有谁愿意过问

而松柏常青　只为对仗两汉三国的云影
轻挥羽扇纶巾　借来遂心东风
却改变不了节令改变不了五丈原上的秋风
其实　白云才是最大的智者
无语千年　惯看世人为山河改名换姓
然后　指挥一场雨就洗尽了纷乱
又把红尘交还给草木　唯留青翠永恒

风水轮流转　而山却只能以静制动
并允许草木扎根入定　一起静听风声
在一夜夜的阴谋里大彻大悟
正襟而坐　普度阳光普度岁月普度众生
让生活从嫩绿里开启繁盛
让命运在一芽芽新叶里显出原形

初夏　上定军山看花

还是芍药大胆　竟敢
在定军山安营扎寨
不知道这是什么地方吗
还敢收留玫瑰与蔷薇来投靠
一同驻扎　一同起事
就以万千的粉拳与红唇
收复十里春风　攻陷了山野
把这一片定军山南坡
变成了美色的据点
为春光保留一支血脉

初夏　到定军山赏花
指点一番花容　激扬一缕香风
把花朵娇媚的唇角交给抖音
是三国故里最新的传奇
面对一坡舒展的清亮眉眼
如果提说黄忠夏侯渊
是不是会大煞风景

云从沔水起

千年前一场大战
让一座山在历史里
有了自己足够的高度
杀戮就有长久流传的资本
而刀光终将暗淡
那场战斗里冲锋过的士兵
有着青春却没有姓名
都已尘归尘土归土
这才有了十里定军草木香
这才有了芍药花开
每一朵花就是一面旌旗
在这片古战场上猎猎作响
轻易就俘虏了赏花的人

帝王将相　驱赶肉身
以命相搏去厮杀　去开疆拓土
却斗不过草木斗不过时光
斗不过这些花朵
无须什么奇谋与老将
只用柔弱　只用红颜一笑
就攻占了这一座山峰
就轻松占领了每一个春天
岁岁都能把风雨驯化为
花的芬芳　人的愉悦

定军山还是定军山

却不必担心山上有伏兵
树木正恭迎夏日
各色花朵正安心绽放
是不是该歌颂土地的伟大
生长出这一片盛景

在一片土地上是打仗
还是种田或者建筑宫殿
土地都只会沉默忍受
唯一能做的　只是
让种瓜的得瓜种豆的得豆
种下战争就用青草掩埋
种下花朵就用清风四处传诵

此刻　定军山初夏
有满坡芍药花开正盛
静候江南一轮明月初升
玫瑰期待负起使命表白爱情
有太多的人从烟火生活里
抽身而来　对花朵笑语盈盈
此刻　这山　这花　这赏花人
都是幸运的　都在天地间
肆意绽放只属于生命的美好
不必担心会有战马嘶鸣
点开抖音的欢快歌声
就能为这一刻留下一幅画
走上云端　传遍八方

并以此来证明　青山依旧在
正赶上了最充实的时光

定军山上　救兵粮的慈祥

被时光看中　选定成为
一场战争的发生地
是这一座山的幸　还是不幸

背负了那么多战马嘶鸣
埋藏了那么多鲜活生命
这一座山　是满怀愧疚
还是坚定了常青的念头
一直要伫立于风中
不敢忘记那一夜刀光剑影

这一座山　就从志书里现身
随时提醒路过的人
演义里的故事到了此处
都不再是传说　而是事实

这郁郁青松都太过年轻
都不曾见过
那一夜的血光战火

而秋风不忍　就揭晓了隐秘
这云天之下山野之上
这一株株通体红透的红果
正是那一场大战唯一的幸存者
任凭雨水一季季冲洗
也要记得那些细节
那个士兵受伤后的喘息声
就以这卑下的矮小身躯
一直伏在光阴的低处
止血　充饥　能救活一个
就算舍身也要救活
实在救不活的　就悄悄
在这山间标记出一处处血迹

在霜冷众生的肃杀里
这一身鲜红的红果
就打开了记忆的大门
就又想起了自己
曾以救兵的身份　潜入山间
潜入战场　拯救士兵
拯救那些如同自己
一样卑微而玲珑的生命
从此　就以救军粮的名声
在一岁的山野里秋色里
披一身袈裟的火红
超度曾经历的那一场战争

定军大桥　沔水拨动的琴弦

这一条河　是冷眼旁观了
定军山金戈铁马的沔水
是洗涤了多少历史尘埃的汉江河
现在　关关雎鸠已经不能在河之洲
不见参差荇菜左右流之

所谓伊人　早已在大城市的霓虹里打工
溯洄从之溯游从之　翻板闸道阻且长
汉上游女　不再左右采之
而是在两岸的风声灯影里迷离

最初是河流在标志一方水土
现在　桥梁让地域引以为豪
定军斜拉桥立起竖琴
为沔水点上美人痣
有谁能听清　弹响的是不是在水一方

而再雄壮的大桥

云从沔水起

也不可能把谁渡到时间的对岸
谁也不能抵达事发之前
彼岸只可远观　一旦靠近
美丽就会跌落　忧伤就会飞散
水流轻盈　也早已羽化升仙

而且　再宽阔的大桥
也不可能跨越河流的一生
更不可能目睹这长江第一支流的行踪
河流的一生　有着太多的伤痛
除了天地　没有谁能够包容

而沔水　这汉江清澈的童年
总是不愿意相信自己今后的命运
会是如此复杂如此跌宕起伏
正如桥上是匆匆的车影
桥下是满江的夕阳红

没有谁比河水更熟知潮流的走向
在去往追寻的路上多少事物正在起航
总有石　总有山　想把河流牵绊
有一些爱总是太过深重
于是　水学会了转身
一转身就是另一片天地

在金牛路邂逅古道西风

红绿灯谦卑地恭候
古与今　就要在此交汇
值得时空暂停　为先秦蜀道默哀

石牛是否粪金已不重要
贪婪是通往陷阱最快捷的道路
五丁开道　打开的是战争
金牛道一直都身不由己
看秦人　汉人　蜀魏人　唐宋人
一次次在这条路上出现
又一次次消失
为时光刻上最深的伤痕
在血肉之外　在细节之外
只有路始终那么安静
于旌旗猎猎处不露声色
空留这一路关隘
远眺纷纭万象　甄别不绝善恶

古蜀道　川陕公路　一〇八国道
历史的走向总是惊人的巧合
这是一种不幸　还是一种幸运
古道　已被纷纷扬扬的文字覆盖
只有月光　还在等待那夜归去的马蹄声
而尘土只洒下一路时间的灰烬

金牛道上不见金牛
这个时代　金在金店待价而沽
牛在方便面的包装袋上成为肉块
国道喧嚣　宝马奔驰
西风依旧　瘦马老去
断肠人的来路已断　而去路还远
夕阳在路灯的璀璨里失眠
而车轮飞转　会不会就
触摸到前人的亡灵

五十二秒　红绿灯明灭
不敢在这里久留　总担心
甲胄鲜明的各朝士兵
还埋伏在路边
只等历史深处的那一声号令

仰望天荡山

在光阴里打坐
对来来往往的车马不拒不迎
偶尔　唤一片薄雾
以天地为屏
在县城之上演绎分分合合的纷争

曾经起浮的云朵
都已化为轻飘飘的虚无
目睹过了太多太多的重生
唯有厚重　才能在时空里入定
一切终将归于昨夜旧梦
而那些高处的水
早已封锁了通灵秘径

山有多高　水就有多长
有了山高水长相依　生命才如此妖娆
看星月留影　云来云去有踪
却总有战争在前方劫道

火焰逼近　水纷纷羽化成仙
空遗一片墨迹　诉说山与水的偈语

魏蜀的旌旗和马鸣
只不过是牧童午后打的一个盹
将军和草民都只会让一抔黄土蒙羞
荒草早已在寒暑里清醒
只要有风雨　就要葱葱茏茏

轻风　止步于千年前的厮杀声
而野花　在战火烧过的角落里繁盛
不为天下　只为内心的充实
在历史之外　冬季正越来越近

路陡坡斜　云影掷地有声
从冷暖深处走来的脚步
在打听青松挺立的初衷
露珠　顺着叶脉在最高处俯视着众生
走出三国演义　山峰安详又端庄
心静　人定　还有水
愿意走上高处　舍生取义
这尘世　何处不是仙境

在鹰嘴崖　等鹰起飞

不会再有鹰起飞
那只鹰　曾是天堂的一滴泪
早已滴落进湛蓝之中
疼痛溅起的涟漪　凝固成了这山峦

怎会再有鹰盘旋
就在我们没有到达之前
鹰选择了隐身　隐没在山岩
而这崖　却一直修行未满

必须与现实保持足够距离
才能俯瞰只属于自己的万里江山
置身云外　何处不是晴天
生与死　早已逃出了悲欢的边境
鹰嘴崖上　这只再也无法起飞的鹰
带着我们听清地球转动　看到万物变轻

不会再有鹰归来

云从沔水起

浪迹过所有的天涯
才能占据信仰与风度的领空
群山战栗　时间藏匿
鹰　打开一条通往另一处世界的秘径
早已让自己溶化成一片天空
万物枯荣　日落月升
都不过在双眼的疆域里波澜不惊

没有鹰来擦洗
阳光已经不再纯净
总有云雾修饰山峦沉重的阴影
一切似乎都满是温情
谁能分清　啃草的老牛看到的世界
与鹰眼里的天下有什么不同

在鹰嘴崖的深秋喘息里驻足
定然会遇上每一个飞翔的游魂
引渡我们与另外的世界通灵
除了这里　我们怎么可能
和一只鹰如此亲近
云中击缶的高度
有的人　一生也难以企及

临风鹰嘴崖

一旦抵达鹰嘴崖
就开始俯瞰山下
把不远处的繁华都一一吸纳
每个在崖上临风而立者
都会从胸中放飞出一只雄鹰
那一颗久经烟火的心
也就突破了肉身的重重包围
伏在这只鹰翅上滑翔出发
把自己的内心引领到光阴之外
引领进自由之境

会当凌绝顶的那些人
已经翻越不了历史的峰峦
就任由浮云把萧萧落木
都阻隔在长安一侧
躬耕的乡亲总是过于忙碌
自有一架架无人机升起
替接踵而来的每个日子去

云从沔水起

　　　　一览众山小然后荡胸生层云

山越高越有反骨
越敢于和云雨对抗
以石为盾以松针为箭
俘虏每一滴雨的冲锋
把前来招安的风都磨得凌厉
这一段已没了前程的崖
将羽翅收拢　把身姿低下

还好还有那一只鹰
还是初涉人世的高傲模样
而雄心都气数已尽
太多的等待都不会再有回音
再高的塔也镇不住光阴
遍地灯火映不出鹰眼里的火星

临风鹰嘴崖谁都会
有了想飞的冲动
既然崖一直修行未满
只修行成了这一张鹰嘴
何不让自己化为翅膀
在最高处俯瞰掠过的风
引来松涛共鸣浪花激荡
然后在低处觅食
把大好河山留给人间

夏夜　登顶天荡山

山以葱茏静默安身
江以奔流深远立命
唯有人
以指点江山为荣

唯一可炫耀的遥远灯火
似乎就是人间最美的风景
却也只能在夜色里明灭
走近了不过都是些爱恨情仇

总会在黎明里凋落
总有星河
见证夜色里爱过恨过的生命
还有伊人的裙裾从唐诗宋词里来
再顺着火树银花流向云中
尘世沟壑纵横
岂是视线就可以抹平
生生死死

只不过是眼前这一段梦境

风吹千年树木蓬勃
而打江山的人
早已被山河埋藏　被时间埋藏
只有山川永恒

古战场或者休闲处
不过是时间随心情变换的面孔
而天灯依旧峰峦依旧
可以让我在这盛夏的傍晚
以三五好友为伴
避暑　登峰
邂逅远古清风
洗尽现代生活文明的汗腥
然后　再去抱人间入怀

路过陈仓古道入口

阴谋　终将暴露
无论怎样暗度
总会有一丝丝气息
把这隐秘的路口供出
而大风歌已传唱了千年
美人　都看清了自己的归宿
时光是最好的审讯专家
朝阳里到处都是夜色的叛徒

总得给卑微一点点出路
总得给命运一个前进的入口
总得有一个地方留给历史去超度
而风声里熏黑的蒿草是哪一方
射出的箭镞　把僵死的古道团团围住

野草丰茂　还不肯退出深秋的舞台
大地让万物生长　不过是想掩盖些什么
而秋叶天真　暴露了早已归隐的血腥

命运无情　轻易就风干了英雄泪
春风有爱　卑微的植物一次次重生
以一朵花一首曲为知己
是不是远胜于独拥江山的负累

那些火把早已化为天灯
夜夜替大汉文明的原罪忏悔
唯有传说化为一方石碑
站在风中为光阴指路
所有的战士都已从容赴死
不过是后人的谈笑和眼前的风景
古战场土质很肥沃
梨花在秦岭南麓的这道皱褶里
白了一季又一季
每一朵都栖息着一个亡灵

六个血色大字　字字威武
呵斥着十天高速公路的擅自闯入
游人嘻嘻哈哈地在这惊叹号前拍照留念
以此证明自己征服了一段历史
花朵埋葬了兵戈　休闲挤走了征战
再伟大的英雄也谋杀不了时间
新楼和酒家　改写着时代的韵脚
不变的是山坡上荒草的倔强　隐忍
沿途的每一朵野菊　都是命运的伤心驿站
千百年来从来没有放弃绝美的轮回
又有多少事情能够保存到永久

这个世界为什么总想分出个输赢

古道上走着的都是新人
新人不懂得岁月的痛
总是想去揭开疮疤　唤醒沉睡的神经
很多入口尽一生也未必能走通
他们不知道　他们依靠逝去的死者而活着
那些古道上的生灵就是他们的前生

天灯寺　天灯宝塔

一方禅院　隐于青山
是偶遇　也是必然
寺是山的修行　山是寺的袈裟
而寺双手合十　就是一座塔
灵台明净　即为天灯
焚不焚香　一切随缘
高塔是万物续上的一炷香火

木鱼声声　哪一句修口哪一句修心
生灵　只能小心翼翼
唯有死亡的事物才无所顾忌
有谁　能在放生池里的鱼群里
看到自己的肉身

本没有什么祸福
有的只是对时间的态度
只要肯绕过自身　眼前就会灯火通明
幸福如水　只愿存在于低处

山寺　因为痴念而繁盛
天灯　因为迷茫而高悬
山间匆匆的人　恍如浮尘
能活在世间　就是最虔诚的朝拜
就在现实的意义中低下头
不要管凛冽的荣辱正迎面而来

放生池里　献媚的鱼儿
追逐游客恩赐的姿态一点也不从容
谁都想主宰别人的命运
殊不知　茫茫万物　芸芸众生
都是在上天的放生池里懵懂
为饮食男女而痛苦而匆忙
顾不上去想一想　自己到底身在何方

古寺隐于青山　天灯隐于红尘
走投无路的夕阳隐于黑暗
沿着每一寸月光回归
唯有雪花一朵又一朵地点化世间
看荒草重生　一次次地攻陷每一个朝代
在帝王的坟头宠幸春天　俯瞰江山
以山寺为莲台　以慧眼扬起柳枝
秦戈汉剑　定军山　阳平关
不过是命运曾经恍惚的一记标点

其实　山是永不关上的佛门

佛是红尘里的每个人
每一次上山　都是一次修行
一树繁花　一地落叶　皆为经文

塔在厚土　云在高天
在这之间　山寺一动不动
任天灯从合十的掌上倾泻　指点迷津
白发终将挟持青丝　人生终将归于禅心

风与山对峙　只能相顾无言
寺和塔　把前尘来路一一剃度
会有彻悟　度众生肉身　在天灯下
悄然圆寂　立地成佛
而佛曰　不可说　不可说　阿弥陀佛

在天荡山　看一朵白云沐浴天池

一

天为雄池为雌
天池就在天荡山顶
教会一座峰峦雌雄同体
从此不再为情所伤
以清澈之心以坦荡之身
穿透山下涌来的滚滚红尘
如一滴雨那样调皮天真

一些相逢总是可遇不可求
比如古与今在水面上互为倒影
青峰与白云在水面相拥
池中物其实并不低人一等
一条鱼也可以亲吻高峰
自己与光影与倒影相约一生
阳光愿意把这些身影

融合于一池水中

端详一池山色的人
是否看清了在水面打坐的白云
看清自己因风而碎的前生
在清风的耳语声声里
参透缘分
从此再也不会因爱生恨

有没有云朵涌来
并不能决定秋池夜涨
何当共剪西窗烛的吟诵声
从唐宋一路潜行至今
安静了多少尘埃的飞升
是想打听人世的风情
还是想为高高在上的天仙
留一处凡俗生活的出口

今夜就在天池边纳凉安歇
静候水汽的润泽
给灵魂一次逃离肉身的机缘
且要在天亮前离去
一池水洗净了一天的喧嚣
世界又是初生的眉眼
只有时光却再也回不到此前
回不到一滴雨决定
从云朵里启程

舍身成仁的前夜

二

山为阳池为阴
一池碧水调和了阴阳
给了天光星辰附身的可能
也给上山打听的人
宣示了一种处世之道

是不是只要保持心境平静
就能挽留住一汪水
于高山之巅为荡为池
就能赢得草木初萌的芳心
就可以对一座峰峦
早已掩埋的春秋传奇如数家珍

山峰再高傲　都会败给
一池水的平静与从容
山一意孤行要向高处挺进
水涌向低处一路收容
看似境界不同　却并不妨碍
山与水执子之手与子偕老
生生世世都相互信赖

龙不可脱渊　虎不可脱山
这一座山已逃脱了虎

云从沔水起

再也不能让龙无处栖身
就用这一方水荡等龙归来
从此就风生云起　有雨润万物
高高擎起这一座天池
承接星辰容纳浮沉
让浮躁的尘事能遇见清风

山顶的云朵那么白
只因她时时都
溜进天池里沐浴净身
洗尽尘埃　洗尽
总想要君临天下的野心
从此一身轻松
在江山之上俯瞰众生
摆脱了爱恨情仇的困境
还成就了这一池水的清誉

而这一池水在安静中反省
即使也来自天上
却有归隐之心
定居于天聋地哑之间
截流一些光阴
为天值守日月过境
替大地睁开仰视时光的眼睛

探幽走马岭

怎么可能还会有马
也不会再有马蹄声碎
满是风　还有
被风一碰就尖叫的新叶
肯定有牛　可风马牛不相及

山路安静　绿色鲜烈
每一片叶都油亮如期盼的唇
充盈着少女初恋的气息
这样的背景不适合有马嘶鸣
唯有那些野花雀跃
还有一点旌旗在望的气韵

岭下　一条大河承接了昨夜暴雨
浑浊的历史都淹没在了河里
河的彼岸会不会是南山
曾经的马　估计都在那里
而草木太深　怎敢贸然前去打探

云从沔水起

寻不到张鲁　更寻不到张鲁的城池
这里已被时间占领
再勇敢的士兵　再灵验的道义
都已败给了云朵败给了春天
张鲁和他的城只能退守到故纸堆里
把五斗米的营养长久保鲜

就算坡岭还想固守内心
而掩护足迹的马桑条与桐子花
并非不想表达些什么
没有谁能阻止植物的爱情
槐花香里的烟火气与七里香的仙气
在旧墙矮檐旁斗法
互不相让　各守一方　平分天下

峰峦的高处都归于平坦
碑石无字是不是就表明宽恕了过往
小麦青青　依令扬花吐穗
樱桃圆润　日渐红艳
这一春　即将功德圆满
不必再顾忌骤然飘来的三国烽烟

谷雨刚过　云影羞涩
江流已理清了凌乱的世事
这一抔黄土挺身而出
以古阳平关的气势

静观尘世　看清生活的真相
然后　坐忘　饮尽暮春最后的阳光
静待初夏的惠风
死去的都已永远死去
疯长的才刚刚开始疯长

重逢古阳平关

　　古道之侧　　苍山下
　　浕水扑入沔水认祖归宗
　　而走马岭低矮
　　早已听不到马蹄声碎
　　于是　　传奇另一侧
　　高耸的城墙都成了土
　　土里杂草总是繁盛

　　有风雨教诲　　万丈雄关
　　终于学会了放低身段
　　倒伏在乱石与庄稼之间
　　为一株野花的绽放
　　奉上足够的营养
　　这才对得起那时的苦守
　　对得起古战场上厮杀的血迹
　　也只有这些一岁一枯荣的草木
　　还记得起战争的伤痛

光阴能废弃一段城池
也能重新堆砌起万千唏嘘
而今　土石挺立
雄关又起　关隘如日
却不必再小心防守
也不可能有士卒临于城下
虚设的城门翘首而待
会是何方高人前来

客从都市来
来看一看离别已久的根
返乡的心情很放松
并不关心蜀汉旌旗下
守城兵卒彻夜提心吊胆
关口洞开　躬身迎客
各为其主的将军已找不到主人
时光的空城又何须再守

而江流　路口
回归苍山的夕阳
夕阳下低语的水声
水声里还在传说的金戈铁马
是否还能和曾经的记忆
——重合　再次鲜活

老城有莲　惊动一池三国烽烟

平静是水面的佯装
不动声色就鼓动了清凉
暗香就在宣纸上流淌
那一朵花只是斜溢的朱红
荷塘如一方篆印
为这夏日午后钤章
而蝉会以怎样的装束出现
在密林里重演琴音
是不是在回应
那一岸柳色青青

不是小家碧玉
这荷已见过了太多世面
早就改掉了清高
不再孤芳自赏
呼朋引伴聚集阵势
暴露了想缔造
一番江南风韵的企图

远处　有白墙红瓦
在一滴露水的沉静里
摇曳成一幅画
而月光会是称职的军师

绿帐起伏　裙裾张扬
并肩迎风的英姿总是飒爽
肆意着挥师挺进
燥热深处的兵戈与锐气
方阵绵延　旌旗鲜明
将领都红缨向天
士卒匍匐正泅渡向前
在田园中独立而治
宣言芬芳里满是忠肝义胆
只想对峙凡间
向烈日拍马叫阵

红莲捧起的都是新日光
而城墙太旧　青苔
暴露了风雨已来去太久
古阳平关的四个字里
还在泅散三国风云
垛口已不必再瞭望敌情
可以请清风入怀
任由岁月将其化为一池水
种莲　种云影　也种下生活
让一方村落以莲水为名

观白马投江　品书台晚翠
卧龙山蜿蜒带水
供养这一座千年水磨
不舍昼夜转动
只为挪移日月　流转风水

而我　只敢远观
隔水相望这一处怜悯显形
然后端坐灵台
轻扣流年　双手合十
向这一种烽烟散尽后的平静
平静里弥散的慈悲降服
毕竟　我早已在人间走散
不愿　再与征战和名利为伍
也不再怕与污泥为敌

古塔上只能栖息白云

遗世孤立　会是
怎样一番况味
唯有一座古塔明白

沔水已流进汉水
空调篡改着一室冷暖
而塔　一直坚持
把自己留在历史里
留在身边的时光之外
一言不发　拒绝了进化

千年岁月只是瞬间
就驻守脚下一方泥土
也关注近处农家
小院满架的扁豆花
还有一畦细韭常驻门前
应该还是那时的秋天

云从沔水起

那就孑然挺立
钻探蓝天　锲进时间
拦截着每一缕
想要出逃的风声
而风总是善变　古塔
只适合栖息白云
一在这塔尖上落脚
一朵朵闲云就
又能重回到从前
就看见了那时
渔火点点　村姑浣纱

高耸　是不是
就可以镇守住流年
至于能不能
留住人的寿远
可能还得问一问
塔尖上的野草花

任何时候都
允许一些美好祝福
那些万寿的事物
可能都只藏身于传奇
那些已经活过
万年的青山峰峦
从不祝寿　从不许愿

江湾伏于廊外
还在缅怀东逝水里
流过的千年
波光驮起的涟漪太小
盛不起渔樵问答的欢笑
无论是一字形
还是人字形
都很少能够遇见
那时雁阵

塔基独矗　早已
占据了岁月的制高点
不为迎来送往
只想保持与现代的距离感
好看清今生事身后名
沔水泛起的浪花上
雁又掠过　会不会
已经在往返于
诗词与现实时迷路
再找不到出口的韵脚
以为老去的是天光
其实　老去的
一直都是瞳仁的火焰

云从沔水起

诵读一朵朵高高的旱莲

叩开这一座祠堂
这一卷泛黄的演义一旦翻开
杀机四伏的字里行间
就有可能会冲出一株不死的树
在时光中寻找一缕缕风
把宁静把淡泊深藏于年轮
抖落春寒料峭　捧出一掌阳光
温暖眺望岁月的眼神

身后　雪还在融化
有太多的刀光剑影都需要冲淡
历史的殷红一直都在
顺着一朵花的方向
呕心沥血的剪影都已发酵
弥漫成撑起春光的暗香
郁结有形　立于枝尖
端坐于高处端坐于世事之上
不让尘埃能够触及

现在万事俱备不欠东风
晨风拂过　为这一朵朵花点睛
就点燃了火苗　就点亮了一盏盏灯
这一棵树就是一盏明亮的灯
照亮夙夜不寐的相府
为一段烽烟四起的岁月指路
也为自己的魂魄留下一个归处
可以在年年如约而来的初春
绽放花朵　开启莲台
让自己还可以一岁岁打坐

过汉中王设坛处

此地已旧　迎风换着新颜
州衙与县府于时光深处
也曾炫尽一时之繁盛
现在　只能低下身段
在泛黄的史册中无语喘息

幸好还有一方旧院
点明一寨兴刘的功勋
兴的　都是一家之天下
却奠定起了一人一朝的帝业
就算降州为县　置铺设村
并不能降低一方水土的富庶
如今　以县城社区的身份
安守着古沔阳的东大门

一通碑石　标点一处时光
刀光剑影的场景一直在上演
争天下的豪杰已寻不到了踪影

千年香火　祈愿的是称王
还是平平安安度过此生

曾经　缓称王或者称王
对于征战不止的刘备来说
这是一个扎在心头的大隐伤

建安二十四年　公元 219 年
时令为秋　正是沔阳收获时节
年近花甲的刘皇叔
相逢了自己最想要的答案
碑石如刀　刺破弥漫的流云
轻易就剖明了最深的心机

设坛场　方圆九里　分布五方
旌旗仪仗　陈兵列队　营造气氛
群臣陪位　读奏讫　御王冠
自为汉中王　虽死无恨
刘备抵达了一生的辉煌顶点

之后　丢荆州失关羽
一段三国鼎立的风云画了句号
风雨抚平巍峨壮观的气派
徒余一方坛痕土丘
从高大民居的逼仄里探出头
提醒着曾经的高光时刻
割谷的农夫埋首田间

只把这帝王将相轮番上场
当作传说　在劳累时聊以解乏

其实　称王或者缓称王
都在历史的意料之中
而天下苍生早已疲惫
躲在你方唱罢我登场的戏台之外
远远地望个热闹　更关心
有谁　能安稳一段时光
可以从此携一缕春风
在一亩三分地里悠闲躬耕
还可以闲听渔樵问答江渚上
身外　青山恰好拥逢一轮夕阳

暮色里　走出蜀汉烽烟
晚霞多彩　惊散纷乱的尘埃
街道很安详　有狗正步态从容
丝毫不理会身后
一声急过一声的车鸣
远处　因雨而壮的沔水
喧嚣东流　卷起的泥沙里
定然还有来自定军山下
锈迹如血形销骨立的扎马钉

秋夕　古镇听雨

不能让此生
就这样堕落
赶在最后一刻
在青石板上
雨滴拼尽全力
绽放了花朵
掌声从地面响起

可以问一问蒋捷
在古镇听雨
该是哪个年纪
马头墙　雕花窗
要把我们带进
哪一段时光
又会给我们
安排怎样的身份
去遇见谁

云从沔水起

再大的雨
都不能惊动
三两只鸭子
在弯弯溪流里
试探水暖不暖
的专注神情
这些从诗句里
游来的鸭子
已再也回不去
那些古典的韵脚
溪边　竹依然翠绿
竹外　桃叶将落
这一场雨下过
今岁将是冷秋

在古镇　大雨一来
是不是就会
与古人相逢在亭台
聊几句黄昏深闭门
或者窗外芭蕉
已不合时宜
不远处　沔水又汤汤
江阔云低　雁将至
携来声声西风

雨再烈烈不过
火锅翻浪正红火

古今多少事
抵不过三五知己
话投机　对酒唱和
涮两片历史
饮几杯辞赋
把庙堂与江湖
都煮进一锅
举杯不论英雄
只说谁还在读诗歌

雨有多大
谈笑就有多和谐
不待明月入怀
看烟云渐浓
以柔克刚
青山都隐形
为雨水让一条路
这世间还有谁
能阻挡水流的前行
道旁　木槿花肃立
在替谁垂泪
就为雨留下足够时空
且乘兴而归
不惧今夜秋雨叩窗

云从沔水起

在古镇　我极像静止的光阴

亭台水榭　斗拱飞檐
趁着黄昏大举入侵
而那一座仿青铜的塑像里
总沉不下心的现代工艺
怎能牵出历史烟云
能蒙蔽目光的琉璃瓦
知道自己蒙蔽不了时光

在千年之后　蓝天鸟鸣
依然都熠熠生辉
只是感动于那一棵
移栽的老树又救活了传说
沦落为某起事件的证人
为这一种祥和作陪衬

青山和夕阳一直都不知道
自己已是风景的一部分
唯有草根　最明了这一方

古镇的秘密　年年返青
却没有人低下头倾听
而我　总感觉自己
已是一袭静止的光阴

渡口早已无人送别
一只白鹭偶尔乘风出场
只会加剧云朵的苍茫
以为风从古时来
能给我三两盏酒的世外心境
再静坐下去　是不是就有可能
落入沉寂早早布下的陷阱
够了够了　这就起身
再喧嚣的红尘都终将离去
何况在这正堕入浓夜的古镇

阳光推开乡野的门
春的聘礼已摆满田野
云天在草尖上舒展
以春风的名义检阅田园花事

辑三

田野安详

春风是个好农民

阳光暖　万物生
乡村已经闻风而动
看望田园　问候庄稼
春风荷把锄头走过山岭

请麦苗统统立正
在阳光里抬头挺胸
有温暖犒劳越冬的相思
拔节的心事正在返青

把树木一一摇醒
吆喝新芽都赶紧启程
去抢占每一处枝尖
开启果园的笑容

命令看守山川的油菜
都向春天发起总攻
金甲明亮涌起气势磅礴

渲染一朵花对土地的深情

指挥老牛把日子细细深耕
迎着雨水把生机播种
在花香里精心侍弄泥土
春风栽培着这一岁好年景

辑三　田野安详

云从沔水起

龙抬头　使耕牛

二月二　龙一抬头
就惊散了庄稼汉的年
从腊月二十三起
一直安享清闲的老牛
听到了征战的号角

春天的婚事
除了花朵当了新娘
还需要有雷声昭告四方
要有昆虫来闹
当然也离不开犁铧
在田园铺好婚床

年开了　事早想开了
世也早看开了　不去耕田
难道等田地壅了自己
现在　该把新土破开
然后在土里生　在土里长

再让泥土来埋葬
农人　与一头老牛
本来就和这土地同宗同源

借今天布云施雨的气势
把一粒种子的命运安放好
也把自己一年的岁月播种妥当
这人间　所有的生命
都不应该辜负雷雨
这还愿意低到尘埃的亲吻

就使唤积蓄一冬的力气
去把死去一冬的荒草
深翻进大地里
也就是把用旧了的节气
都埋藏到了时光里
耕种好每一瓣绽开的春色
一头牛的喘息
才会满是稻花的清香

阳光推开乡野的门

乡野愿意安守宁静
只为随时都可以抚平
远山一直在牵挂的云影

小草散漫　信步阡陌
也时常回庭院观望
庄稼以茂盛积蓄着光阴
还有一畦畦萝卜白菜
伸展时光的掌纹

从油菜花黄淹没的田埂
走回的少年　坐在旧时的破木桌边
一字一字写着简单的作业
阳光悄悄地贴上来
照亮一段安静的风声

不管有没有人回来
门前的杏花都一年一开

在乡下　花朵开得再热烈
都保持沉默　不敢打扰
一头老牛走过时洒下的铃声
麦黄时杏也黄　就有杏子
落在打麦场　溅起汗水
溅起夏夜星光的空旷

光线总是舞动尘埃
一些幻象就趁机闯进现实
分不清笑容有没有蒙尘
太多的童谣只适合在乡野生长

此刻　倚在旷野的身上
房舍早已面目模糊
唯有青草的潮湿气息
一直都行云流水
把脉络都还给
三月初生的花语与轻风

江山沉重　乡音轻盈
就重返人间查清自己的身世
时光之外还有没有时光

辑三　田野安详

是谁　年年为乡村重塑金身

迎着桃花猎猎的旌旗声
你挺拔起腰身
任吐露心事的笑靥撑开蔚蓝
栖满阳光的唇印

着一身皇家盛装
你伫立在汉风的眼眉之上
轰轰烈烈擂响了天汉之春的鼓点
时间俯首　万物臣服
任你君临天下　将春色独享

你就以百万亩江山
肆意铺张着尊贵的明黄
给一直隐居的山野一一鎏金
以凌厉的霸道洞穿触目的所有时光
你奢侈得毫无节制
愿意为乡村年年都重塑金身
直到你的疆域固若金汤

把这一方热土装帧成一册惊世的张扬
把乡野推送到了春的金銮殿上

在你流光溢彩的光芒里
做一个人实在太无趣
我承认　在你面前
我只想顺从　委身于你
从此　与你融为一体
穿上金甲一起攻城略地
气吞世间万千美丽
联袂缴获光芒里每一粒阳光闪烁
一起赡养总是慈祥的泥土
然后　生出爱的结晶
润泽天地润泽晨昏
滋养我们最平淡的小日子

如何开启爱上油菜花的正确模式

阔叶会化骨绵掌
化冰雪为鲜嫩阳光
每一朵油菜花的深情
只有村姑能懂

把光阴拈在指尖
让随炉火烤化的时光
扎根土壤停在春天
这一朵朵热烈的温暖
都来自太阳的遗传
有着直击人心的柔肠

臣服于这一种
天然的气场
你总想开启爱的疯狂
可以用目光去亲吻
但是　请不要伸手
像一个偷窃黄金的大盗

更不要去拉拉扯扯

不必对一朵油菜花
轻易就表白爱意
你的爱里　是不是
少了汗水的成分
你靠近这朵花的手上
是否没有老茧只有欲望

这一种美与气势
都可以给你
油菜花一直都大大方方
但是　请不要伸手
没有哪个孕妇受得起惊吓
不可抖落她憧憬的目光
如果是真爱　就请
不要动手不要蹂躏她的笑容
不可把爱变成一种戕害
这一朵朵花还要向田园交代
有没有在春天里偷懒
有没有把阳光
锻打成一片片金箔

油菜花一直都明了
自己的宿命
知道自己必须要收起繁花
必须回到果实里去修行

辑三　田野安详

所以　真的从不在乎
那些只盯着美色的目光

油菜花从来都不会
独自开放　她们有着
最强烈的集体主义
站在一起　共同啃食阳光
给以后的日子鎏金
照亮人间烟火的清香

辑三 田野安详

接成熟的油菜回家

五月　阳光已满十八岁
正为一场相逢预热
任凭露水清凉匆匆的裤脚
只想早早叩醒一方田地的荣光
俯身　靠近　印上指纹
就这样与一簇簇黄熟的油菜荚
一直眺望家园的触角
来一场深度足够的肌肤相亲

倒伏 45 度的油菜枝梢上
角荚细密　一天天地梳理着
探出头打量田畴的轻风
直到自己被阳光深深感染
也有了和乡亲一样满足的肤色
农时就这样被塞到了手里
映出一弯镰刀的笑意
初夏的火候正好　正一点点
蒸腾出大地体香的饱满

把收割的日子灌注得充实而坚挺

倒伏成45度刚刚好
这是盛满澄澈春色的油菜荚
与一双手血脉相通后
在风雪砸来时就达成的默契
只为把这种植物的灵性揽入怀中
亲手迎接风霜后的成熟回家

花开的光彩总会被新翠湮灭
气势再辉煌也经不起风固执的劝解
只要已把那一寸寸光阴修炼圆润
就对得起浓霜白雪一场场的法事庄重
每一粒种子都该找到回归起点
从此不问前程只守家园

一直顺着秦岭眉山的掌纹追寻时节
在酽酽的方言里浮起奢侈风光
把农家炊烟浸泡得油汪盐咸
闪亮着敢于向太阳夺金的纯粹质感
枯荣总是有序　重要的有没有人会记起
不停地挥手　不停地摘取阳光
有了汗水加持　这田园已是遍地生金
总有一颗颗籽实过于性急
再一次迎着风炸响了午后又逆光奔跑
还不知道自己的品质将由秧苗继承

在麦田里　相遇四月的你

只有深居乡间的人
才晓得一片麦田
最秀气灵动的时节
不是麦浪浮金
更不是　每一株麦穗
被镰刀吻过的瞬间

四月　拔节之后
随腰身一同挺起胸的
是麦苗正勇敢剖明了心迹
抽穗　有痛就有甜蜜
这是走出闺房的初次亮相
刻意梳妆的别致发辫上
有万千心思迎风张扬

芒尖才刚刚探出头
就一次次摇乱了路过的轻风
风中压抑不住的气息

多像那个少年青涩的忧伤
一株麦苗就是一位少女
就算麦田已冲出了春天的边界
又怎能禁锢住她的情窦初开

有了雪花膏一冬的滋养
麦香就浓郁　在乡野淤积
乡村就温润如玉
挂在四月清亮的胸口
村里的少年都是贾宝玉
只等已见过的那人
在午后的麦田里相遇

而麦田这墨绿的磁石
吸尽了天地精华
只为滋养少年一生的气韵
那一株麦穗的青翠
染绿了此后所有的时光
身后　有心跳
在蝴蝶的翅膀上起伏
映现远处即将入夏的暖阳
催促成熟　让体香醇厚
足以唤来一朵朵白云
栖落到　少年的双肩上

初夏　应一场乡村的盛情邀约

唯有一束束阳光
才能锁住夏日的浓翠
浓翠析出斑斑汗渍
显影着霜雪里的柔情似水

春天太多的虚词
都跌进了光阴的暗语
深沉的求索都不能羞涩
如果愿意　所有的指尖都有彩虹

总有一些传奇经不起推敲
而每一字　每一粒粮食
都真实安静　都善良老实
留住了每一次月凝清露时的心思

夜晚短促　而夜晚如药
匆匆痊愈一天劳作的伤痛
和邻居一样　布谷鸟一直勤奋

从不歇息的声声鸣叫没有甜言蜜语

水流活泼好动　总要挣脱沟渠的看管
绕过村庄绕过田地绕过坡岭
就像幼时的儿女环绕膝下
流淌再久　终将回归母亲的身旁

只有田园坚守
为游子站稳根基
在固守中等待着安抚
陪伴一株禾苗从青春到苍老

而风依然顽皮　并不介意
抚摸的是麦梢还是秧苗
就连村姑绯红的脸颊也敢抚过
老牛一愣神　水田里
就已盛满了云朵的微笑

新叶翻开庄稼的版图

四月　为春光另起一行
也不再用过于火辣的词句
花事的狂欢渐歇

初生嫩叶不畏虎
抖擞着一棵树
重回少年的万千阳刚
向天空敞开心扉
敢于让世界都来看清内心
看到碧翠即将去庇佑的山河
山河的广阔　广阔里
脊梁的隆起与曲折的脉络

阳光有限　只能
尽快拓宽这一春的疆域
一片新叶的版图
就是一个帝国的雄心壮志
田畈阡陌已取代征战的铁马金戈

炊烟祥和　——抚慰田园房舍
然后　抚掌对风摆渡安谧
刻录每一个月落日出的守信

叶上　一滴露水滑过的足迹
暗合着大江奔流的冲动
也吻合着一只蚯蚓奋进的一生
甚至还暗喻了夏夜星空图谱
预警着秋风进攻的路线
更多的是在提醒根系的动向

两个季节一直都在
一叶片的正反面上相靠相依
生与死已合二为一
互为知已又互为仇敌
一叶落下一个王朝就到了终点
一片天空就在命运里坍塌

现在　一叶新生
在阳光里迎风滑翔
举起一支支绿色火炬
承接春心的失落　焚烧繁盛
在这之间　树干无语
从不为谁心动

辑三 田野安详

麦芒在冲刺

你以为的麦浪
其实不是浪
那是列阵的战士
举起长矛
向着骄阳冲刺

镰刀早已在终点闪亮
期待这一跃而起的壮烈

激战之后的事
这些战士就不再过问
打场　磨粉　搓揉
历尽水煮或火烤
终将高居于
各色的双手之上
这属于胜利者的犒劳
都与那夜的雪有关

云从沔水起

以田野烈日为背影
冲刺　以命相搏
这是麦浪最后的浪漫
用万千生命
兑换另一种生命
也告慰一路的轻风
总会有籽实能重回泥土
还有农人在呵护新芽
麦芒终其一生的这场冲刺
就是麦棵能够
熬过寒冬的支撑

辑三　田野安详

三夏大忙

惜春　伤春
想要挽留住春
那是文人才干的事

一介农民
更关心的是
办好春天的后事

如果春天不走
哪会有夏收
雪花就只能白白死去

还有那株秧苗
从一滴谷雨里起步
早就该登基统领大地
与越来越跋扈的阳光对峙
指挥清风把蛙鸣呵护
稻的王朝只有一世

云从沔水起

而风一直在吹
把大地吹热又把大地吹凉
有根的草木都无力反抗
只能眼睁睁看着
时光越吹越远
还有太多的寂静需要喂养

有佛　在麦穗里端坐

这么瘦弱的腰身
只因生不逢时
一落地就历经风雪
在三九天里
接受冷的监禁
就算饮冰也要生长
这样的童年
会不会扭曲了
在拔节时的心境

夏风一起
就开始整理心情
寒夜里仗剑
守护田园
曾经的侠客形象
已被春雨融化
一拔节就拔高了乡愁
山村有麦香守护

才能在月光下
唤来久等的蛙鸣

坚信会有阳光
前来为自己
披袈裟　塑金身
做自己的神
在田野里从容坐化
等那个人用镰刀超度

只要愿意拿汗珠
来换取自己
身体里的舍利子
就不在乎会粉身碎骨
内心的洁白
就该供奉在日子里
续接人间烟火

原来　每一穗麦子里
都端坐着很多的佛
把严冬点化为春风夏阳
请雪花隐于内心
宝相庄严　佛光有芒
有了每一滴汗珠
清澈的虔诚
就愿意舍身喂养生活
看绿荫延展光阴

镰刀正为农忙的土地续命

搓草绳必须蘸着汗水
唯有这样才能降服
一棵棵麦穗芒尖的倔强

场院外　有布谷鸟
正为迷路的麦粒引路
都引向翘首的家门

阳光再一次梳理草木的归宿
胸口的饱满再也藏不住
其实无须掩饰　就拥农夫入怀

叶已硕壮　蚕正老去
一双双抽丝剥茧的纤手
正在捡起春光过于细弱的线索

已不必在墙外苦苦等待
一双双杏眼在树梢上眺望已久

云从沔水起

阳光已为她披上黄袍
会乘着一双双连枷的翅膀
落满一夜未眠的打麦场

那一季芳华那一季缠绵
那些没有结果的爱情
已足够风车在慢慢嘲讽之后
——评判　——扬弃
镰刀完成了为土地续命的重任
将再次由时光盘剥生锈

而风一直不愿意安静
又在怂恿天空扯一绺秧苗的绿
别在大地的胸前　放纵一段
新的恋情在午后茂盛
唤醒蝉鸣　昭告时光的宽容

风过新麦香

辑三　田野安详

一滴汗珠就发酵了成熟
一顶顶草帽曝光了痴心的守候
夏风正起　途经垄上
唤醒冬小麦一生的记忆

有一方土地还愿意接纳
就可以安身立命
不在乎已是秋叶落霜降时
只因还能与雪花相遇

此后　霜压　冰封
就算腰身再纤细再低下
也依然会在严冬里挺直

在一声鸟鸣的欢悦里返青
从不眼红一枝枝桃花的笑容
拔节　抽穗　昂起头
要与春风平起平坐

挺拔的清秀模样
陶醉了多少翘首的目光
镰刀上闪耀着迎娶的催促
就以这万顷金黄为嫁妆

这一程　经冬历春
看过了太多死死生生
生命已饱满　就了无遗憾
满脸阳光肤色的爽朗里
还惦记着那一场大雪的深情

辑三 田野安详

一场热恋正将乡村席卷

如果是秧苗
现在已安身立命
如果是大豆
现在已蹲守土壤
有风抚慰有雨滋润
总会有一滴露
清凉渐盛的暑气
能安静生长
不就是最好的时光
就以清秀来荫庇乡村

如果长在坡上
就不要向往水田
如果绿满平川
又何必痴恋望远
每一处的阳光都鲜净
镀亮每一茎叶的清秀

镰刀解甲归田之后

云从沩水起

水田就蓄养星辉
插秧的农家女已在风雨里
把自己亭亭玉立的腰肢
和终身大事都栽种进
刚刚翻新的田园
栽种进乡村

每一天都是最好的安排
有多盛大的土地
就会有多盛大的爱情
青禾在田间的亮相
就是一场早已预定的热恋
正将每一座乡村席卷
而这并不是终点
就请一直微笑向前
相逢时又是丰收画卷

你看　这漫天的星星
多像我们追逐过的萤火虫
在这乡间一闪一闪
多像我们纳凉时眨眼的明亮
先是小满后是芒种
现在的田园一派祥和
浓翠澄清了每一缕气息
把村庄洗涤得晶莹又灵动
而你　有没有顺着白云
听到那时正拂过垄上的蛙鸣

回乡　采摘时令的清香

回一趟乡下
必然要去挖一些野菜
鱼腥草　麻绳菜　黄花苗
都一一认领一一带回家
她们就挤进厨房里忙碌起来
为我布置乡村气息
治愈我被防腐剂伤害的肠胃
在我的方寸之地
营造出乡野的辽阔

我一直都明白
这些野生野长的草木
都是我的兄弟姐妹
在能看见白云露珠的春风里
替我生活在
我最想从此隐居的地方
替我陪一朵花开爱一茎草绿
替我过着我向往的

那种接地气的随意日子

我越来越愿意
用更多的时间来面对野草
细细地听一听这些
来自乡下的植物诉说昨夜星光
让自己还能摸清四时节气
还能亲近根上的泥土
一次次和野菜们叙旧
我就能附身于草木
回归了田间地头回归于阳光下
等雨来亲吻等夜来掩护
任由时光给我花朵
任由秋风牵走我的青春
再以恬淡的心情
在白雪下静静地安睡
没有一丝后悔

每隔一段时间
我就会回一趟乡下
采摘一些时令
来滋补生活　也给自己
补充足够的元气
为灵魂续命

秧正绿　在夏雨里一身仙气

雨有些散漫　却前赴后继
风带走落叶之前
一定不会饶过招展的艳丽
悲歌响起　浓绿奔跑
这世间有万千草木
时光从没有对谁偏爱过

把所有的忧郁
都倾注给脚下的土地
这视野才从此慈祥安静
从此浓翠轻盈欲滴
一壁江山的宿命
只能是一边凋零一边繁盛
那时多么鲜烈的喘息
都已任由青草一一抹去

在暗夜里深爱
然后在烈阳下怀疑

云从沔水起

总有一些情节只能秘而不宣
而树荫掩饰着无语的对峙
光线　从来都不公正
一直扭曲着万物的身影
还有哪些相遇可以信赖
唯有风一生执着
每一天都要翻阅叶片
探查清叶脉里时间的暗喻
收藏小麦遗留的锋芒
等候可以信赖的草尖来接力

其实　一场场激越的雨
只是在为一个个节令壮行
雨中插秧的村姑
依然是诗经豳风里获稻的模样
水田有灵　豢养高天
在一滴滴雨里抒发着仙气
就以一株禾为信物
向岁月鞠躬　向大地叩首
让命运的底色从此扎根繁盛
在风雨里获取长久的安宁

盛夏　适宜回归乡下

盛夏　滴翠的乡野
总是心事很重
草木的生长很是轻盈
有明月时时来探望
夏夜的乡下已被清风漂洗得
过于清凉纯真透明

盛夏　最适宜回归乡下
捡拾四五亩青苗浓绿
认领三两声蛙鸣清凉
守一处田园雅致馨香

盛夏最适宜走进乡村
捕捉夏夜露珠星空
嬉闹山野追云纳凉
快乐在蒲扇里流动

盛夏最适宜相伴乡间

老牛和蜻蜓都是伙伴
白云与骤雨都是邻居
不必说话却都已听见

盛夏　最适宜去探望庄稼
有玉米丈量光阴
有秧叶梳理水流
迎着夕阳静听天地对话
就有满怀的爽朗和惬意
就在风吹过的那一刹那

盛夏　阳光正叫醒乡情
细看草木的镇定从容
静听月光的淡雅歌谣
万物在酷热中茁壮而安静

田野雨行

从村庄出来
落进田野的重围
就有大雨跟踪而来
把我也当作一窝
刚刚移栽田园的秧苗
送上娘家人的关切

一方田地青翠　是我
留在故乡的胎记
沿着田埂　一步步踩实
乡亲们与泥泞妥协的脚窝
就能抵达庄稼内心
也就摸清了乡村的底细
和一场好雨的意义

有雨纵容　泥土就柔弱
一次次想挽留匆匆的脚底
只是想送我一程

还是想与我同行走出这田地
这些纠缠着脚步的泥巴
都会在走出田野之后
由雨水亲自去清洗干净

安守乡村　护佑一株庄稼生长
是这一方土壤的本分　也是
此时每滴雨赶来的本分

在雨里穿行　认领雨滴
从高天而来的深情
就能想到　我的父老乡亲
就是在这样的雨里
刚刚收获了
一些植物籽实里的光阴
又把一些植物幼苗捧起的风雨
在泥土里安置妥当

我也就原谅了
雨水打湿我张望的目光
我明白此时的雨
有多合时节
我也就借这些雨水
掩饰我为农忙收场而
泪流满面的脸庞

山乡听茶语

挣脱冬　抢得一方云雾
揭竿而起　高举一芽令旗
号令春色在这高山顶上落户
以草木之心为群峰之心
为青山写一行行谶语
只是光阴太短　这清明的雨
又苦苦相劝　阳光穿不透年景

生于山野　历经雨雪
一路风霜早已伤透了心
以为自己不会再向谁倾诉
只把星河夜露都封存
保守住忧郁的青春

年少的心　总是经不起冷落
只有你明了这性本苦寒的卑微
都不提迎面而来的指尖
不提那一次次的向火明志

活在山里不易　活在城里更不易
都是同一棵树的新叶
现在有了不再相同的价格
那就先学会为自己解毒止渴
不能随意吐露那些最深的苦涩

热气只会上升
从不愿沉入日子的底层
那就该放下自我
续上一杯杯生活的沸腾
盛满天空与清风
还原了一直恋着的云雾
以三月里的春山来平和心绪

茶树　时间的风骨

活着　安心山野
滤去虚浮　静默度日
把每一寸光阴都
留在枝尖　绽成新芽
提取日月与春色
与一滴滴清露
心心相印

死去　就抖尽叶上荣光
为溯源的眼神
披露每一段枝柯
曾有过怎样的挣扎不屈
盘错虬曲　细密发散
蜿蜒阅历的寒暑
承接着露珠的心律

这一株干枯的躯体
已沥尽了生活的水分

立着　挺直草木风骨
躺倒　就是河流的一生
垂下　就是它活过的山峰
一直挺拔的棱角与沟壑
就是已经凝固的清风
清风里时光的行踪

握紧这茶树的残骸
人与草木就能心意相通
原来　这枝杈
一直都藏在我们的躯体里
作为毛细血管的繁茂
为我汲取过自然的养分
为我吐故纳新

原来　茶树从生到死
都蕴含着天文地理
暗示山川河流的领域
和一个人此生的精神版图
茶树就以这样的慧根
深居山巅　以群峰为木鱼
领悟着禅意与红尘
把自己打磨成时间的风骨

在伏天 问候乡村夏安

在伏天早早起床 荷把锄头
问候歇息了一夜的田园
可以蘸着清露梳洗晨风
还可以握一掌清凉
为那些葱郁的草木
在酷热里还能平静生长
送上最衷心的礼赞

稻花初绽 将昨夜从容绾起
为农家的夏日结绳记事
有水流顺着锄头的导引
化解天地一直以来恒久的矛盾
演绎五行相克相生 阴阳和谐平衡
而庄稼的呼吸似乎很轻
又似乎总是挺胸抬头的骄傲
就在这呼吸之间 每天才清新
老牛的反刍才有了意义
月光才有了淡淡的笑容

走过坡坎　脚步一定要轻
不要让身影压痛了
玉米修长的身姿
这些笑不露齿的美人
端庄严谨　却又最是深情
愿意为庄稼汉捧出金玉
捧出可以在寒冬
白雪的屋檐下炫耀的发辫
却从不诉说执子之手的时光短暂

任凭日光多漫长
都会有芝麻和大豆
夹道欢迎　花开从容
一天天抬高眺望的头颅
日子日渐饱满　生活有了质感
步履沉稳的中年
将在午后的阳光下呈现
而此刻　绿风和牵牛花的活泼
正崭露头角　正清晰如衣袖的起落

白鹭的幸福
不是被写成唐诗宋词
不是被多少清雅的画笔反复修饰
不过是能有一块稻田来厮守
而一株稻子的命运
只有困在伏旱里的父老乡亲才懂

烈日　正因稻田盈盈的翠色而胆怯
万物都以勤奋应对光阴的质问
稻子正把农人在伏天里所有的汗珠
积攒成秋天的谷粒
结晶成谷粒里圆润的清香
清香里皈依故里的体温

我能给一坡苞谷的唯一关怀

阳光一直盘踞在草帽上
如同毒蛇一样嗞嗞吐着信子
等候着我弯腰的姿势一旦松懈
就会扑上我已经被汗湿围困的脸
做一次冷酷的凝视和质问
要榨出我血脉里一粒粒盐分
为这一次劳作留下一圈白色印痕

只能从这一株株苞谷
拔剑架起的无缝陷阱里突围
透过浓绿亢奋的喘息
有光照亮了每片苞谷叶上
纤细的汗毛和汗毛掩护的版图

脚下　新草是从土地深处燃出的火苗
寂静而倔强地紧贴土皮奔涌
要焚尽每一寸只属于庄稼的疆域
而我　就在这样的十面重围里

以标本式的动作镇定迎敌发起冲锋

我的铠甲只有一顶草帽
这是同样生长于大地的麦秸
受一双双手温热的劝说
才挺身而出的护卫
我的武器只是一柄锄
一头是木质的柄一头是克木的金
木柄与金属一旦同行
就会习惯了对草木的行刑

只有我一个人　落进这山坡
落进这山坡上苞谷的丛林
就落进了一片绿海里四顾茫然
又像是孤身面对百万强敌的将军
豪气冲天　正一往无前

偶尔有风拂过苞谷修长的叶片
来打探我额头上汗珠是否要启程
似乎也送来了那时的琅琅书声
为什么锄禾一定要在正午时分
这曾经在白衣少年的课堂上
总也想不通的短暂疑问
此刻在这正午阳光下辽阔的山野里
早已有了体会最深的答案
正在由老茧一层层写在掌上
而苞谷叶也用尖锐染绿了衬衫

在烈日下细心锄草
这是这片坡地里的每株苞谷
安静生长的一生时光中
我唯一能给予的帮助与关爱
没有肥沃的田地可以给予
只能把它们安置在坡岭
这是没有办法的注定
看着它们毫无抱怨地艰难求生
我已满是愧疚却又无能为力
如果再不来为它们锄草
它们望向我时我就于心不忍

以土地为生　就该
向土地表白虔诚　就要
和一些草木成亲与一些草木成仇
把草木戴在头上握在手里
把一些草木安葬在身体和灵魂里
再一同去捍卫苞谷或者水稻的领土
去铲除那些抢夺岁月的杂草
从不会被它们的可怜迷惑
我一直都是个嫉恶如仇的人

就在一岁岁的锄草中
我一次次地看清了大地
看清了太阳看清了每一片绿叶
也看清每一天里风雨的走向

更看清了来来去去的生命
生命与土地与时光爱恨的纠葛

而我日渐老去　而田野里
杂草似乎并没有减少
我就只能以腰身的佝偻
去一天天贴近土地靠近杂草
一边狠狠挥动锄头杀戮
一边向这些死去的草木道歉
请天空和大地还有光阴能原谅
请这一辈子里锄掉了的那些草
在我死后都站上我的坟头

辑三　田野安详

大豆在田埂上安身立命

在平川　一株株大豆
只能在田埂上落脚
在窄窄的田埂上过完一生

顺着地势向上　再向上
那些清贫的坡坡岭岭　那些山峰
都曾是大豆的天下
越是贫瘠的土地
它们越能扎根　自己开垦
自己为自己制造养分
见风就长　遇雨而壮
为秋野的封面烫金
不曾因一把化肥而低三下四

在山间　大豆曾占据
阳光雨露的制高点
以鄙夷的目光俯视山下那些
等待农民浇灌的庄稼

聚啸山林　摇旗呐喊
活得高傲而又自尊
它们是农作物中的好汉
充实一生　酣畅一生

而现在　进了川的大豆
却只能在田埂上落脚
为水稻看家护院
在稻穗收获的欢笑里
一次次退让
在边角处独自反省

从深秋的田埂上走过
这还在忏悔的大豆
又让我看到了
我那些进城打工的乡亲
出现在都市的高档小区门口
凭借一身保安制服
才敢一次次挺胸抬头
向匆匆驶过的车轮致敬
把自己站成时代的惊叹号

稻花用体香哺乳丰年

一粒谷种从春天里醒来
只为破译乡亲最纯粹的愿望
一点点撑开天地　一叶叶挺立
奔赴与一方山水的约定

一双巧手　轻盈舞动
栽秧的心情总是那么庄重
每一株秧苗都必须回到泥土
回到水深火热的日子里
回去灵魂的版图
天天把根扎深把腰伸直
才会有目光顺着绿浪潜行

一滴汗珠　在叶尖上牵挂太久
就会发酵成这细碎的情愫
素心香浓　思念正圆润如玉
如昨晚呢喃里清新的喘息
被轻风化妆成千种倩影

羞答答地亮相　不让心事张扬
却露出了刻意编织过的辫梢
这一刻　陌上稻花初绽暗香氤氲

一片蛙鼓　如期奏响田园歌谣
露水里的日光最晶莹　已经写好了
那个激动而幸福的佳期
谷粒金黄　牢牢锁定饱满阳光
从不惧怕三餐磨旧了光阴
悄然诠释民以食为天的质朴
在岁月流转中证明生活的本真
恪守乡村与土地的底线
祭奠农事春华秋实的虔诚

在秋风里成熟

所谓的天高云淡
不过是留给草木的送别时光
一缕清风正掠过田野
抚慰着叶尖上露珠的温润
该为秋收准备一些仪式
也就握住了终将回归的成熟

田园将一季阳光慢慢举上头顶
每举高一点　田野就再金黄一片
时光一寸寸抬高　那些一生的爱恨
也就在风中一寸寸地老透
把这一世的旱涝恩怨一笔勾销
稻已黄　已将似水柔情饱满成体香
满坡的玉米已写好诗行了无牵挂

打开扁豆花盛放的院门
就能看见那些渐渐远去的身影
离去时频频回首的伤感

庄稼为土地装点了一季又一季
也教会了万物在风雨里沉默
那些所谓的乡土诗句
并不比村庄里的炊烟更悠远

秋风在清凉的指尖
把期待的目光一一催熟
所有的庄稼都已仙风道骨
就要回归　将在雪落声里打坐
收获之后是不是就可以
捧一缕秋风洗心净面
再采摘一支老透的莲蓬
顺着那朵着急的高天云彩
去探望故乡　问此岁三伏无恙
嘱咐大地又是秋凉

收获稻谷就是在回收汗珠

风雨历练此生功名已满
镰刀早已亮如月明
就蘸一缕秋风两点秋露
在这天高云淡的时节
为大地剃度

眉眼初萌芽的那个春天
裙裾舞动翠色的清纯夏天
还有蜻蜓一次次的撩拨
已随灼热收拢了羽翼
秋风一夜夜提醒
事已至此　就一切从简

割尽茂密　打落实惠
只把根本呈现给秋光雨声
只请秋风察看当初
如何愿意在泥土里立足
从昂首烈日到向大地低头

时光的利刃逼迫自己
参透繁华之后的归隐之心

是该抛弃那些浮华虚名
那就交出一生积蓄
与籽实与俗务做个了断
四大皆空的稻田一身轻松
在旷野里出版了自己的诗刊
每一个字都是生命的根源
每一行袒露的都是
对高天厚土以及日月的领悟

剔除了肉身的负累
还尘世以空净
就能查清这芸芸众生
有谁还记得自己的来处
谁还有着慧根
能为大地留下深深诗行

向一粒粒新米深深鞠躬

有蓝天　有白云
还有稻田青青鹭鸟起落
而我　却只感受到
阳光火辣中一些植物
并不那么美好友好

在水稻的密林里
我一再躬身弯腰使劲
只是想把这一株株
因势力坐大而得意忘形
已不再潜伏的稗草一一除掉

这些高出秧苗一头的稗子
让一个农民曾经的偷懒暴露无遗
是一块合格稻田的污点
这会引来乡亲们的指指点点
让我在乡村里抬不起头
这稗子一天天长高的同时

也在把它们的死期一再提前

田园风光从来就不是
我这样的农民该关注的
怎么夺回一窝秧苗失守的阵地
抚慰水稻被挤压的金色向往
才是我在田里努力的方向

此刻　仅仅十年之后
我却想着如何在城里扎根
如何在高楼里点亮
一扇有自己身影的窗口
而高楼之外还是高楼
已不可能看见稻田
不可能看清稻田里有没有
趾高气扬骄傲的稗草
有没有顶着烈日拔稗子的我

今夜　捧起超市里清澈的新米
就有高傲的稗草一下子攻陷了我
身边涌动的山野暑气
正从夏日稻田里迎面扑来
手心里满是稗叶锯过的血口
有汗水不失时机地腌渍
加剧着心底那一直不曾退却的灼痛

辑三　田野安详

稻田的歇息来自丰收

词句都已归仓
正喂养乡村诗歌
留一地工整的标点
抒写着恋恋不舍
会有麦苗来重整山河
如果篇章散乱
就静候白雪来删减

你看　那一列列稻草
卸尽负累现在已不惧秋风
任人品评谷粒的成色
任霜渐浓　任万般成空
赶在水寒之前做一场法事
超度曾挑剔风水的一生
不再拖泥带水　然后回家
倚门守院　收容逃亡的秋虫
留下够用一冬的柴垛
让风雪夜归的故人绽放笑容

你看　这秧茬记录的心情
一株禾与另一株禾
一定要保持舒服的距离感
再一同谋划田园的意境
入乡随俗　入土扎根
从不在乎下一刻是雨是晴
风再热也只为自己活着
不愿蛙鸣来代替自己的生命

完整地腾空自己
田地　才有了歇脚的这一刻
不理会风一遍遍询问前程
而再繁盛的草木
也不可能战胜季节
秋风一过　都逃脱不了
被光阴收割的宿命
渡尽劫波之后
修成的正果
不过是面对霜降雪落时
这一份心平气和

值守这一田秋风

稻穗就在秋风里成熟
将一生积蓄都结晶
放下每一粒充实的功名
归来　告老还乡
把沧桑与圆满
晾晒在久候的场院

山水正消瘦　大地已空旷
唯有秧茬还愿意
在田野留守
丈量着秋雨的相思
探测季节的深度
就像乡亲们
一旦把根扎进泥土
就一直在用双脚
标注着收成的根源
在颔首鞠躬之间
顺手就为每一季阳光

都写下一行行诗句

也只有这一排排秧茬
最能理解镰刀
痛彻与锋利的深爱
就让自己
来指点岁月的渡口
头顶　有雁阵
正路过村庄
整齐的队列正好
对应了秧茬的行列

护送稻谷回家之后
一只蚂蚱就知道自己
已去日无多
草尖上的每一颗露珠里
乡愁都过于晶莹
都一碰就碎
打湿了光阴的哀鸣
就此交出一生吧
放下屠刀　立地成佛
对余岁的守护
将是雪花的任务

晒谷图

于田间历练一番
再回到了熟悉的场院
列阵迎接秋阳检阅
以修行饱满的精气神
映照额头那滴汗珠
汗珠下这一张脸
曾一直陪伴每一株稻谷穗
承受过烈日的锻打
才让谷粒与脸色都是
最纯正的金身

乡亲本分　从没有奢望
只想要三五个晴朗
镰刀就会唱和季节的下阕
就能让大地回到低处
让田野都矮下去
可以躲过秋风的利刃
袒露出世相的根本

院坝曾空旷又满怀心事
知道季节的承诺都会兑现
就一直细数风声
还有多久　云天才会
把田里的金色归还家园
把乡愁晾晒在门前
此刻　一方场院坐拥阳光
俯瞰着收成的光泽与分量

秋天就是一架风车
一直在为乡亲们把关
秕谷与虚浮
都将被秋风一一吹散
有分量的沉甸甸的籽实
才有留下来的资格
以浸入骨骼的泥土清香
成为岁月的积淀
替一株已死去的草木代言
将每一颗光阴都归仓

乡野的清秋

挂一颗颗露珠在草尖上
就是警铃要阻拦晨风擅自闯入
一定要赶在牛蹄撞上之前
高高举起一个个小喇叭
把大话传遍天下
传给刚刚涉世的黎明
说自己曾牵引过一头头牛
才耕耘出这一片秋色
早晚都会红得发紫

一夜明月就浸凉了秋气
田里的庄稼和田埂上的野草
都已由秋阳镀上金光
蚂蚱一生都隐居在叶间
只因听到镰刀出征的誓言
就以最有力的弹跳
从草叶上起身不再浪迹世间
秋日清凉　正适合还乡

解甲归田的螳螂
早已与庄稼意气相投
有了和草木一样的肤色
隐居田间还威风不减
却最明了每一穗稻
向金风捧上谷粒后的心情
愿意用未老的宝刀
护送每一茎草木了断此生
舍生取义成就秋的悲壮

蟋蟀作为季节驻唱歌手
总是多情　总在弹琴鸣唱
每首曲子一旦响起
都能让星光心碎
给离别的时光注满忧伤

满架秋风丝瓜花

秋色渐浓　时时有风
正一次次去招惹
小院满架还在开花的丝瓜

绿叶苍翠　花黄硕大
有小丝瓜初出茅庐
正吊在时间的轴上
皇冠在头顶还不愿放下
腰身窈窕　通体碧透
以青涩之气笑对风的戏弄
向往长大之心从眉眼里洋溢
来不及看清自己的身旁

已错过了功名的那个大丝瓜
已是腰身臃肿暮气沉沉
一副老态正暴露无遗
早已对风的撩拨无动于衷
唯有将筋络历练成风骨

总不肯在雪的抚慰里释怀

有雏叶应风而动满是欢欣
不知道寒霜将至　老之将至
高处几片老叶见惯风声
暗暗已与秋色达成了共识
这一刻才在平静里神闲气定

草木自我了断正交出此生
都在给这一缕光阴的过境让路
这才让时节这样纯净空旷
这才有清朗之气荡行于山乡
这才能号令一片片叶甘愿落下

而我　也被这越来越凉的风
吹进了天地初开的旧时光
重新打量身边的生灵
重新领会万物生长与凋谢
领悟时间永无止境的爱与无情

草木都在按自己意愿生活
又何必要操心它明天的下落
且在小院闲坐　看秋风正走过
会有归鸟因日落而飞临巢穴
陌上行人正与云淡天高撞个满怀
拾取一襟的万物同此凉热

致敬冬小麦的一生

夏风一起
太阳就戴上一顶顶草帽
踱进田野山坡
俯下腰身
仔细查阅冬小麦一生的简历

有一方土地愿意接纳
可以安身立命
已是秋风起霜降时
此后　冰封　雪压
纤细的腰身
依然会在严冬里挺直
在春的消息里返青

从不眼红一枝枝桃花的笑容
拔节　抽穗　昂起头
要与春风平起平坐
总算熬过了冷酷

又要在万物繁盛时
面对镰刀的催促
却依然荡漾起万顷金色波浪

此生　经冬历春
看过了太多死死生生
籽实饱满已无遗憾
满脸阳光　以深厚的肤色
掩饰着内心清澈的雪白

藕　从泥淖里抬起头

只要敢于在霜后
蹚进水寒入骨的泥泞里摸索
就必然能与一段臂膀紧握
这不是偶然　就算身处黑暗
藕一直都在静默成长
保持呼吸打探风向

绿叶因何能连通天地
清凉了一个盛夏的午后
而花早已皈依了慈悲
以满是怜悯的法相
端坐高台在香火里俯察世事

只有这一方荷塘
还深陷在俗世低处
秋风一起就不再神圣
人间哪一天能少得了炊烟
雨声只会让梦境更冷

露白霜起秋水渐退
藕就开始叩击大地
开始等候一双手来营救
来接回这隐匿的骨肉
他们已流落乡野底层太久
能拉这一把的肯定都是兄弟

不提身世不说经历
只要还有一口气
就不会死去也不曾向谁服软
已在泥淖里强壮有力
清白而通灵的内心
早已看透了天地光阴
只有甘甜不留一丝苦涩

就在这冬日漫长里
藕从人世的低洼里抬起头
挣脱泥污的手臂如玉
捧出一生全部的修为和领悟
舍弃这初见世面的肉身
与一碗水一炉火相依
以最醇厚悠长的浓汤温热
融化季节的僵硬
喂养越来越消瘦的江山
健脾养性益血为生活开胃
人间烟火味越来越寡淡
正需要好好进补

有风吹过冬麦田

霜降前后　就得去田里种麦
我们早出晚归一去就是一整天
泥土湿黏　粘在锄头上不肯离去
而田野里总是有风　风总是绵密如针
扎着土地　扎着光阴
也扎着低头劳作的我们

把坷垃挖得细细碎碎
就用去了大半天的时光
只是想让这小小的一粒粒麦种
能有一个安身立命的新家
我们种麦的进度总是太慢太慢
一直是全村流传的笑谈

可你说　冬天会很漫长很漫长
我们的日子也还很长很长
就应该细心地干活　慢慢地生活
每一粒种子都是一个生命

出生时就该有一个好的环境
每一个日子就是一个故事的开端
所有的春天其实都起源于双手
起源于我们对田地的耕耘

只有冬天　才有农闲
收获的匆忙和有风有雨的时光
都已颗粒归仓　都已在寒夜里发酵
我们只有给田地一一安上苗
才有可能围坐在炉火旁
聊一聊天气聊一聊墒情和苗情
盘点一年收成　盘算家酿米酒的浓度
细细地摸一摸你手上的老茧

这个冬日　重回田间
惊讶着小麦已经又是绿油油一片
就算阳光不够大方敞亮
也依然满是昂扬满是从容
悄悄积攒着越冬的能量
静静掐算小雪大雪的归期
期待着鞭炮炸响立春的气息
而我们　已经很多年没有再种田

插秧　打谷　种麦　割麦
就这样把长长的一生
分割给一株庄稼　分割给爱着的人
霜降前后　正是种麦时节

辑三　田野安详

云从沔水起

如果立夏不下　犁头就要高挂
用这些农活来标记时间
这样的习惯　早就被那些年的风
种进了我们平凡的生命
从此一直见风就长
让我们的光阴岁岁都一派繁荣

还乡　采摘一束冬日暖阳

冬日　难得有暖阳
照亮远处的山乡
正适合回一趟乡下
补充些田园的安静与光芒

回乡的长路
总有一段需要用脚去丈量
路边的庄稼
还是旧时的天真模样

油菜长势正旺
只是多少有点拥挤吵闹
现在都盛行直播
已经没人还来移栽间苗

麦田是越来越少
吃面都在超市购买
撂荒的田块

云从沔水起

就给了野草一个舞台

树叶一落尽
鸟巢就成了风景
能听得到鸟鸣喳喳
却寻不到一丝行踪

有喜鹊在田边散步
神态很是从容
这一方土地与田园
是不是一直都归它来统领

鸟雀小小的胸腔
激活了冬闲的村庄
不敢加快步伐
只怕狗叫声过于张扬

距离熟悉的房舍越来越近
脚步却越是有些慌张
家乡只记得我年少意气
是否能认出我这白发下的脸庞

乡村小雪

辑三 田野安详

农事渐歇　田园安详
这样的时候最适合
请小巧的雪花结伴而来
把村庄送回憨厚的童年

有雪　小心翼翼应邀
不惊扰炊烟的祥和
捧着季节单纯的幸福
能看清　那些如水的心境
在最初的清白里复活

故乡的山村里
很多姑娘都名叫小雪
我一直都很明了
她们出生在同一个时节
唇角轻漾着同样的柔顺羞涩

曾和这些小雪们

云从沔水起

一起在山野间割草种麦
又在风起时一一失散
我知道　她们都
以雪花为嫁妆　把自己
嫁给了城市　嫁给了
一直想要的春天

光阴渐老　节令如旧
只是如今的冬天很少有雪
我总在担心　等不来那一朵花
越冬这最肃穆神圣的仪式
天地该如何进行

这就出发吧　接小雪回家
把四季细碎的祥和拥入眉间
这一冬里就会有笑容抵达
就会有炉火相依相随
把时光省亲的路径细细勘察

家在古镇老道寺

北环路送我回家

汉惠渠 用柔情守护一方乡村

家园里才有我的幸福时光

辑四

家园不老

家在古镇老道寺

不必寻名刹　不必分僧道
这里满是实实在在的人间烟火
簸箕　连枷　牛缰绳
隐在三两条小巷里提醒农事
固守手艺人的尊严
而小户人家的白菜红苕肥猪肉
铺陈四五片街道炫耀着收成
有茶铺酒肆点缀　声声短长吆喝浮动

犁了一辈子田地的老人
可以静坐在饭馆做一回时光倦客
只有华阳河脉脉不语
送来一缕缕满是禅意的清风
远处　牛头寺还在盛唐的红尘里打坐

这太老的集镇
负荷不起过于沉重的疑问
而那座寺　那些道人　只是传说

很难在典籍里留下年轮
可以肯定的是这里曾发现汉墓
出土蜀汉稀有货币　属国家级孤品

那些赶集的乡亲
以紧贴大地的憨厚
把心跳种进泥土把身体呈献太阳
与山水和风雨达成共识
日出而作　日落而息
用善良厚葬苦难　以慈爱洗濯欲望
道法自然　修济人生
为生与死赢得安妥
劳作之余　在七月初七
听一听那个放牛娃与仙女的夜半私语

其实　禅院不一定要空寂
道观不一定要遁世
守本分奉善行才是必须的修行
过好凡俗每一天就是最好的皈依
老道寺就是佛陀遗世的僧衣
一日三餐的炊烟
不就是虔诚燃起的香火
锅碗瓢盆的磕碰
不就是淡泊念起的经卷

其实　早已无关佛　无关道
老道寺　聚三教九流　通古今四方

镇前镇后　镇南镇北
皆为敞开的佛门
度的是这一方俗人的生活

且将世间的闹与烦
全在胸中吐纳　再清空杂念
把繁华敬上千佛洞的神龛
隐于集市　在老道寺
合道合禅　静守田园
种粮　卖菜　写几句诗
做一名凡夫俗子

辑四 家园不老

赤土岭的早晨

霞彩初露　而这片岭还没有醒来
四野清幽云影沉静
湿漉漉的气息给她裹上浅淡的雾霭
岭上睡姿妩媚　风韵弥漫
如果此时　你能赶来
定有清风拂面　定有天光洗心
定能让你忘乎所以心入灵境

过褒水　沿老川陕路西行
你就能与一段质朴的旧时光相遇
绿茵苍茫　路绕村寨
落落房舍袅袅炊烟像谁家的宋词逸风
葱茏透碧　简洁朴素
是哪一位丹青圣手的灵感
有树木蓬勃冠盖成荫绿浓滴翠
刺槐清新　细语绵密
以挺拔向正在涌来的时光致敬
杨树钻天　心旌摇曳

云从沔水起

静候每一朵白云都来歇脚
更有翠柏苍劲而又缄默
安心静坐　参悟着
繁华过后必将止于宁静的禅意
晨风无声又似乎痴痴深情
在每个黎明时分点化着
这一片岭不显山不露水的大爱

岭上定然有野花繁盛
浓郁的草木虽微小而不卑下
坚守时日　此心永恒
只待缘起便舒展双眉调皮率真
你可曾知道这岭上
生灵因无名而野生野长
不必娱人　喜乐在我自在随性
摈弃纷乱远离喧嚣　清简静美

且在开阔的岭上小径驻足
且在幽静的岭上林间徜徉
每一缕饱含花香的微风
都会掠过你栖落朝阳的双肩
每一声正是欢欣的鸟鸣
都会清亮你正在涌动的思绪
让你重回前尘重回梦境
让你仿佛走进了曾经的往事里
只愿在此酣眠不愿醒

辑四　家园不老

浅阳初绽　气息流转
这片岭正在醒来却依然安静从容
已经目睹了太多世道变迁
早已归于平淡早已心如古井
只是　有一种感情一直都在
不因岁月而暗淡不因时事而消散
那是融进骨髓的静谧
是老死不相忘的遥遥岁月
那唯老不忘相思的款款浓情

这一片岭就在这每个早晨
看遍人间草木繁盛　情满情又空
以虚无以恒心盼着与你相逢
你可知道　这岭　这岭上黎明
都只为等你　等你忆起幽远的童谣
人生之路莫问前程
总会有一处令人欣喜的地方
值得你感动　缅怀　湿润眼睛
而赤土岭　就是你的宿命

这个早晨　赤土岭正在醒来
又是亭亭玉立风情万种
于天光云影间顾盼生辉眉目传情
在清素简朴里显现本真
正向飞过的燕雀打听
久不返乡的你何时归来
来了却一段尘缘　打开一颗春心

213

云从沔水起

北环路送我回家

都说大地是母亲
那么　乡村就是她的子宫
城市是她壮实的儿孙
有多少人想把那条脐带割断
却一直没能如愿
离得越远　扯得越紧

北环路就藏身于秦岭南麓
像一株植物　向四乡八村蔓延
充当起脐带连通了城乡血脉
探寻游子的念想　润泽背井离乡的眼睛
努力打捞着耳鬓厮磨的童谣
北环路　在光阴沧桑里行色匆匆
染一身尘埃　湮没进满是方言的乡下老集
让乡村时时都满是活力

栖息在路边的乡下鸟儿
无论怎样勤奋聪慧
还是跟不上掠过的车鸣节奏

只有田头的那棵大树
目睹了父母一年年永恒的劳作
以信使的姿态挺立
沟通起诗意与未来　梦境与现实

狗卧在路上
在午后的阳光里打着盹
根本不理会声声汽笛的急促
没有冒着热气的牛粪
而屋檐下牛一样佝偻的老汉
在旱烟锅的青烟里看见自己的岁月

王家湾　谷家沟　欧家坡　沈家梁
从这个湾到那个坡　再到另一道沟和梁
有燕衔泥　有牛吃草　溪水在流淌　树木在生长
祖先们食手植的粮蔬　守田间地头的爱情
在山水清晰里　相信农谚　听令节气
看花开有序　乡村宁静　爱恨简单纯粹
光阴浅淡　质朴而又辛劳的一生
就这样在秦岭南麓的山风里起起伏伏
每一个地名　都让我们的前生血肉丰满

同沟寺　因寺而成的地名
却偏偏都是俗人蜂拥的老镇市集
熙熙攘攘　热闹纷繁
把日子点染得活色生香
其实　佛法无边　就在尘世之间

辑四　家园不老

就在芸芸众生之中
积德行善　过好凡俗的每一天
这就是对佛最大的虔诚

北环路　山乡的一条掌纹
收敛得过于狭窄
弯也过多　这是大自然的选择
似乎在阐释曲线更美的哲学
即使已经与水泥联姻　依然坎坷颠簸
传递着土地噗通有力的心跳
乡愁起伏　跟随车轮移步换景植入灵魂
一路阅尽饥寒　到底有多少细节
能够从岁月的眼里走进历史的心里
北环路　就是一整部中国乡村的传奇

而乡村　正在车窗外节节后退
油菜和麦苗守不住一隅农田
高速公路追来的步幅越来越大
向北两分钟　十天高速就在农家之上飞翔
惊散炊烟刺穿夜色　为青山烙下深印

路边　大棚展开白色黑色的羽翼
正在掠地攻城　挤占绿色
不用经历风雨也不必期待阳光
在这些食用菌的集中营里
早熟的肉体早已成为了商品
匆忙结束一生　又投入下一个轮回

汉惠渠　用柔情守护一方乡村

那片庄稼不是村庄的
是这一条渠的
那些村庄不是乡亲的
也是这一条渠的
还有那些林荫那些鸟影虫鸣
不管出身怎样　都是这一条渠的

顺着渠道　就和乡情撞个满怀
也就目睹了一座山怎样在时光里静坐
就明白了一畦菜园有过怎样的四季
也就摸清了一条渠怎样温饱乡亲的生活

唐诗一样分行的水稻
宛如宋词不分行的小麦
和两熟耕作的曲谱
都是这一条渠翻开的辞章
还有明清小说般的苕蔓豆苗和杂草
都曾被这一条渠删改润色

是这一条渠　把田野擦洗得玲珑晶莹
为乡亲淘洗岁月　让日子浩浩汤汤
生命的路口　这一条渠
写下安详从容　写满上善若水

和那些在异乡打工的乡亲一样
汉惠渠　就是离开汉江的打工妹
用所有的温情润泽着这一片坡坡岭岭
现在　甚至连人们抛弃的垃圾也一一收容

像抗日烽火中的热血青年一样
一九四一年竣工那天
汉水中的一部分
断绝了对大海的想象
在放任自流中找到归航和入口
踏上了没有归途的悲壮远征
在山乡田园成全了自己的一生
听稻花心事　抚荷塘月色
完成自己的嬗变升华
现在　这条渠有足够的底气
炫耀它是汉江的子孙

以殉道者的身姿
平静地过着乡村生活
这条渠平静慈爱而怜悯
依然流淌不息
那又一代人的风景

噙满泪水的目光
多像一代水圣李仪祉
那些清淤掏出的泥沙石子
早已不是石头　是舍利

闭上眼睛　聆听路边水声
能看见汉水又在堰头开始匍匐潜行
要赶在时间的前面
去拯救渠边那些记忆的亡灵

低头　向阳安铁路致敬

只能从涵洞下穿过
面对阳安铁路线
行人　车辆　都应该低下头

钢铁　雄居五行之首
克木　杀生　演绎一场场
金戈铁马的强势
俯瞰草芥　藐视生灵
却难以赢得一滴露珠的垂怜

能炼钢铁为绕指柔
也就能把钢铁踩在脚下
一九六九年一月　寒风和歌声
为五十万民兵的开工筑路渲染了背景
四十余年后　当时的标语
依然清晰　依然豪迈
似乎还在宣誓着人定胜天
而枕木已朽　锈迹斑斑的钢轨

让历史的泪水不再隐匿
残阳如血　收殓昔日的厚重

阳安线　以钢轨和枕木
在大地上给一个时代　给一些青春
刻下了一座悠长而又坚硬的丰碑
从火车到电车　一路高歌猛进
而负重的支撑已经由木质成为了水泥
物质代替情感　物质代替生命
这算不算是一种进化
这是不是在昭示　生活
越来越没有活力越来越没有灵魂
只剩下了猛烈的金属摩擦

铁路　是深谙生活艺术的大师
以举重若轻的技艺
给奔波的旅客阐释着
把压力分散到每一细碎日子里的哲理
而列车　以正直和端庄越过每一次弯道
行程　其实就是一个个小站的叠加

黄家沟　乡村嬗变的标本

还是叫你黄家沟吧
顺着一声乳名
游子就找到了方向
就会有泪水湿透母亲的眼睛

如果　你愿意回乡
就一定会和这样的地名相遇
以姓氏起头　以地势收口
宣示对一方水土的占有
这是中国人的根须
这是中国农民的胎记

黄家沟却没有姓黄的乡亲
黄家沟不是一家的天下
不是一姓的领地
黄家沟的黄是黄泥巴的黄
是黄土地的黄　是炎黄子孙的黄
住满了来自八方只求温饱的庄稼人

黄家沟的黄是史册纸张的泛黄
这个古战场旁的一个小村庄
每一寸泥土里每一片树叶每一阵风里
都是大汉征战魏蜀交兵的呐喊
而你要让自己成为一名安静的读者
耐心读懂早已被青草掩埋的历史章节
读懂分久必合合久必分的岁月纹路
纹路里中国农民流离失所面黄肌瘦
而今天　黄家沟以休闲乡村的表情
在中国农民的胸口别上了一枚展翅的勋章

黄家沟的黄与天空的蔚蓝相拥
就是比月光还要惊艳的绿
招展起一面大旗
风揖别夕阳　点亮万家灯火
高塔　是发光的手指
把农家生活点击到最祥和的页面
黄家沟辉映着中国乡村最美的标签
黄家沟的黄是中国农民最惬意的脸庞
你该用怎样的速度回放
才能看清中国农村的沧桑

黄家沟的黄是成吨的阳光与纯氧
白云安详　时光止步
告诉你这个世界什么也没有发生
青山依旧　溪水常流

云从沔水起

梨花年年如约而来
还有贴在耳畔呢喃的轻风
都在把你想要的幸福一一呈现
这世间　美总是生生不息

乡情常在的地方　总会生长善良
微风拂过的沟壑　爱在闪着光芒
起伏的峰峦　应该是乡愁的另一种形态
黄家沟　这是你心灵的后花园
你精神的健身房

看山道盘旋　道法自然
引领诱惑更铺陈高远
站在高处　要向每一株卑微的植物致敬
学习小草对大地的深爱与忠诚
听万物无语　鸟鸣婉转
唯有人类习惯高声喧哗
一片落叶　就可以吹散所有的誓言
只留青山与时间对峙　消解世事变幻

且上观云台去静静地坐一坐
和每一朵云彩都要深情地相握
那些云　看过你的前世　知道你的来生
你要虔诚　虔诚地让自己慢下来
你看　折腾总是那么短暂
大地安静　万物悠闲
白云永远茂盛　青草永远茂盛

让这一方山沟满是湿漉漉的情意
足以温润世人干渴的一生
黄家沟平平仄仄的山水
足以安放你无处安放的足印

在黄家沟的阳光万顷间
在黄家沟的农家饭菜飘香里
所有的沉思和诗句
都显得那么单薄
世界是如此不值一提
唯有休闲　放松　把自己消融
融化进千年不息的松涛中
你才能听到你的心跳

时光从来没有一去不返
它在黄家沟的清风里等你
等你救活你的童年　等你救活你的深情
等你救活你对生命的念想
等你重新找到生你养你的村庄

黄家沟　把自己
打造成乡村嬗变的标本
正以新的名称走进全面小康
正是中国乡村最美的风韵
成为你迟早要去的地方
它会带领你们这些回归乡村的人
开始人生的下一种温润

辑四　家园不老

温泉小镇的幸福时光

风水宝地

一脉泉　历时千年
依然不肯冷却曾经的温热
水流漫向八个村庄时
这一方土地　从此就以温泉命名
以浓重的硫黄味昭告正宗

树木迎风　碧波如影随形
沔水胸怀大志　跟着风声一路向东
唯有漾家河柔肠百转　相依相恋
而乡亲们就生活在其中
向时光捧出自己温热的内心

以水为邻　阳光恬淡
有风锻炼一芽青菜在初冬里渐稠渐浓
村姑们正忙着安抚绿叶的胎动

以一方菜苔　让日子扎根
顺着叶脉上的露珠就可以看清
乡村与城市的前程　原来都从此起步
云一起　叶正青　风也香
清贫的岁月也可以从此生动

草莓丹心

土地谦逊　从不盛装出场
透过绿叶和白花　就能窥破
节令里新娘幸福的容颜
不多索取　一座温室些许温暖
大地就愿意向时光捧出自己的内心

红或者不红　甜或者不甜
全凭自己回溯人生　慢慢品味
细微的风格总是由你的经历决定
还有那些嵌入命运里的挑选
正在舌尖上刺探着人世的深浅

捧起这一颗颗土地上闪耀的星辰
就是给乡村的天空升起了一盏盏明灯
这一畦无怨无悔的草莓
得要多少重生的心灵才能如此茂盛

乌药似金

乌药或者元胡　其实并不重要
作为药材　她们对这片平坝情有独钟
以三千亩的阵势在此修身炼性
活着是风景　死后是丹药
医治疾病也医治贫穷

总有一些机缘只能擦肩而过
匆匆之间来不及与元胡寒暄几句
而探望或者不探望
都改变不了一株中药材的生长
这些紧贴土壤的植物
在公路两边绿意盎然却低调而缄默
从不打听车影抛弃的风言风语
只专心于自己的事业

中药材　这些植物界的普罗米修斯
以自己的身躯　从日月星辰里
从大地深处　盗来元气盗来精神
给凡俗的世人　活血止痛
救赎日渐麻木的肉身　救赎张望的眼睛
在云端俯视　这一片中药材示范基地
不就是繁盛在小镇的一株妙药
为中国乡村散寒理气温肾
扶正乡亲们低头锄草的腰身

车间扶贫

田间　车间　曾经的鸿沟两岸
如今在这小镇里握手言和
只为把坚守土地的执念褒奖
从此　农家女不再有背井离乡的痛切
与幸福的距离　可以如此之短
短到春风和果实已在这一刻重合

打工妹　农民工
终于能在自己的家园
就把田野和工厂都挽在手里
车间明净　端坐缝纫机前
细细缝补自己的生活
和床上四件套探讨城乡婚事的趋同
而纯棉的爱情还能不能生长
瞥一眼在家门口写作业的儿女
就听见老人们晒着太阳盘算收成
车间外　抽穗的小麦在天光下满脸羞涩

时光幸福

一村一品　多业多彩
温泉小镇就满是幸福时光
在湿润的风里色彩斑斓景致缤纷
簇拥起农家的粉墙黛瓦

在颗粒饱满的负氧离子里陶醉
而一湾漾家河水内敛沉静
从不把自己看得过重

在温泉小镇　每一朵云影
都流淌着光阴的温热与乡土的厚重
每一曲水韵都荡漾着唐宋书生的浅唱低吟
有泉温润　有时光清纯
有一脸温婉的笑意流淌
这一方小镇
山水有情茕然如玉　如玉养人
养足了乡村农家的精气神

在阜川　在茶园

阜　川

这是清明前一个难得的晴日
我和茶树的新芽一同启程回家
在阜川　在小河庙的流云轻雾里
只为寻一寻岁月隐居的灵魂

迎接你的是清澈的阳光与纯氧
有风拂过林梢　绿色张扬
将所有凡心俗事拒于阜川之外
白云离你很远又离你很近
正用最闲散的神态阻止时光向前
清风附耳　只是想告诉你
这个世界原来并没有什么大事
你大可以放心　放心与流水相约
看漾水清浅　等山花守信而来
还有一直与鸟鸣缠绵的山岚

都在把你臆想过千万遍的梦境重现
这世间　其实真的存在世外桃源

而茶园很高　高于俗爱
站在高处　向每一畦茶致敬
学习茶树对这一方山川的痴情
学习茶叶里的青涩与忠诚
听万物无语　空气如水
任树木在天地的杯中清静
一片茶叶　就可以
消解所有的烟云
只留青山与时间对峙
静观世事沉浮变幻

你向往的那一方净土
它在阜川的清风茶香里等你
阜川把茶叶抬举到足够的高度
只为让你无论多远都能看见
无论多远都能被茶香温润
让这一片山川　这一片茶园
成为你今生必定要来歇脚的驿站
疗养肉身洗涤目光安放好心灵
在山水之间　在茶香唇齿上
飘然出尘脱胎换骨再世为人

茶 园

这是春天的茶园
就是母亲出嫁前的模样
不言不语　勤劳淑娴　又满怀心事
冰雪和寒风　都已放弃了纠缠
母亲的脸庞是被温暖雕琢的玉器
散发着纯净而幸福的光芒
有淡淡的清芬愉悦晨昏

春分的细雨很轻
茶树　伸出纤纤的指尖
抚摸新翠饱满的畦垄
每一株茶都有透亮的灵魂
烛照着另一株　烛照着每一垄
烛照着尘世迷路的精灵

鸟儿　将月光洗过的鸣叫
挂在茶树的枝梢
悄悄挽留露珠纯真的梦
命运的歌声正在被山岚发酵
绿芽和白云长久地相看两不厌
各自在时光里淡然微笑

会有清新的气息送我去茶园
留我在茶间静静地坐一坐　什么都不说

和每一芽茶都深情地相握
那是云雨的初心　点化我悟透草木之本
溪流悠闲　浪花茂盛　茶园永远青翠
让这一方山川满是阳光的印记
以湿漉漉的情意显影岁月的诗行

在清明前的阜川
在眼前浮动着万顷恬淡的茶园
所有的沉思和诗文　都显得那么单薄
世界是如此不值一提
唯有不争　不妄　把自己消融
融化进这质朴而鲜活不息的茶韵之中
就能听到尘世的心跳

在阜川　邂逅茶的前世

在阜川　春天
从一片嫩芽中苏醒
在小河庙　攀登
去立足于云雾的浪尖上
就可以窥探到一片叶的灵气
洞悉草木的精神高度

雨水应节　茶园初潮
正值青春年少
萌动的心事
就被同样妙龄的纤指挑破

情意升腾　浸透了压弯山峰的绿鬟

正午的茶园　融化成汩汩的清泉
洗涤时光的旧影
阳光如跌落在绿浪的鸟鸣
静默欢喜　送来草木的深情

飞天采茶　无关于敦煌壁画
直升机溅起涟漪　凌驾于山川茶园之上
却不能惊扰一芽新茶的修行
把气韵固化纯净成一片片心形
在世间挺立　再在杯中挺立
茶叶　顺其自然就成了占领善意的天梯

有人说　小河庙只有小河
却从来找不到庙
哦　蒙尘的眼睛怎么看见
茶园不就是天地草木的庙宇
那些茶树　整齐肃穆
就在这座庙宇里
长久地诵经　自省　入定

在阜川　茶垄是打坐的自己
遇见谁　都只是一段光阴的传奇
唯有遇见青山　邂逅茶园
才能把前世今生安放
才能看见自己又在天地间重生

辑四　家园不老

阜川如莲
山峦是莲的花瓣
清清漾水灵动着莲的花蕊
而村落就是莲子饱满
茶园在莲花瓣上
通透阳光雨露
以茶香化莲香　氤氲悟性

在阜川　在云影里
不是只在面对俊俏山川
我已在莲台上打坐
在山水茶风里顿悟　皈依　参禅

在阜川　以明前的阳光
以草木的慈悲　以眸底的佛光
我邂逅了茶的前世
并将这三生三世的清纯
一起供奉给这片生养禅意的地方

镇川安咀　在桑叶里安放身心

从春蚕到死丝方尽的缠绵回到现实
是一座座山坡上桑叶明艳的青春
镇川安咀　铺开的不是浪漫
是一份安享岁月喂养生活的勤勉

一经水泥硬化　这坡岭上的道路
升华为宣纸上书法的豪放
在曲折之间指点河山
给阔叶的心事点明了方向
阳光不会在这片绿海里迷路

桑林的肌理总是相同
未沾染世尘的指尖总是勇敢无畏
浓绿浩荡　绿透了生命的背面
风里在饱含静气　气势向远古流淌
细碎的眼睛就在叶片上写满童谣
传递着岁月延绵不绝的清新
顺着叶脉飞舞的骨骼

辑四　家园不老

就能听清流光细细的尖叫

这一片片桑叶伸开温暖的手掌
诚心挽留云影　挽留时光
立于风的浪尖上猎取春色抛来的媚眼
再交给一条条温顺的蚕去细细咀嚼
提纯山乡滋味　提炼生活纯粹
于是　乡村就从桑条柔美腰肢上挺拔起来
铺陈肥硕丰腴的绿色光芒

不必减肥　对于桑叶和蚕来说
丰腴更是一种美　一种承担着使命的绝美
更不必去指责一条蚕对绿色的贪婪
小小的蚕　一旦把思想吐露
就足以使时光震惊
引无数的人们去抽丝剥茧
想捋清一种植物与一种动物的深情
一种宿命与一种担当的结晶

对于爱对于相依　蚕始终有着自己的坚持
它担心时光对生命的态度
并不比自己的内心更宽容更辽阔
在死去之前　蚕一定会
给世界留下一些追寻温暖的线索

桑叶　一种生灵的圣殿
值得柔弱的蚕大胆将此生托付

娇小的万千灵动　将从时光深处苏醒
食一片绿　吐一生情
以纯白的丝诉说前世的梦
还红尘一袭华美的富足
给辛勤的眸光最无私的感恩

春风里　这镇川镇安咀村
何尝不是天地间一片硕大的桑叶
在脱贫攻坚的暖意里生机蓬勃
供一方乡亲安放身心
咀嚼阳光与清新　酝酿梦想与幸福
为这一片山峦倾吐最悠长的情思

村后有座牛头山

一

是不是耕者都已有其田
而且田都已耕耘完
老牛就安卧青山之间
反刍嫩草　也反刍光阴
任犁铧闲立一旁
铧尖向天　似乎还想
在好好歇一口气后
就去耕耘头上这一片云天
开垦出足够的田地
让天下的粮仓都能装满

太多风霜欺凌过的荒野
都会在春雨里返青
凝固一段久远的传说
乡亲们要的幸福从来很简单

有牛就能有富足的生活
就有牛头　舍身成为一座山
一座老百姓的靠山
从此把我的乡村庇佑

二

山野静寂　只能揪住一缕山风
问询牧童安在　是不是还
在清明的雨丝里指路
蛇床子踮起脚尖一路追寻
白色的花盘上荡漾的
会不会就是散落的悠扬笛声

我身旁　一行行玉米苗
刚刚抵达夏日时光
就已随地势去寻找韵脚
在沟壑间写下长短句
平平仄仄的起伏里
满是婉约派才有的青翠
把这一片坡岭装帧成
一册册古意浓郁的词卷

此刻　就算已化身为山
老牛还在探出头
想看清山下是何年
既然有拖拉机替自己耕田

是不是这清闲的日子
还将延续　还会有青草
一直在岁月里繁盛
而清泉已流淌过多少岁月
还在滋养山野的精气神

三

暮色渐近　四散的野花
已被浅露一一灌醉
都合上了看淡风云的眼睛
这就让我不再绷紧神经
不用担心坡上一簇簇牵牛花
野生野长　性子太野
会趁着夜色密实的掩护
牵走这头修行已久的老牛
只给乡愁留下一个缺口

幸好　还有一棵老树
愿挺身而出　以粗壮的腰身
护在老牛之前　承接风雨
调皮的杏子气色饱满而鲜亮
正从浓密的绿叶间张望
如满天的繁星在守卫着老牛

尘世的缘分都起源于初春
以最盛的热情繁荣每一个夏晴
霜痕暴露了草木在深秋归隐的行踪
雪花赶来只为证明此冬清白

辑五

时光有爱

尘世的缘分都起源于初春

立 春

先是一场大雪
为新的一年铺开宣纸
静候浓墨重彩
然后是寒风
一次次在耳边提醒
些许的温暖都来之不易

就在这零度的空气里
高悬的红灯笼
正忙着为生活点睛
路边　旱莲树的枝头
饱满的花蕾
就要撑破幸福的羞涩

车流拥挤

惊扰着觉醒的空气
一株车前子
从诗经里返青
踮起脚尖
把自己挺立成春天
在这之前　那些荠菜
已经在日子的深处扎根
此刻　舒展着叶茎
等待被首个节气
集体认领

时光　已经启程
小吃摊在晨曦里热气腾腾
让蒸面皮的妇人有了神的光芒
刚发过朋友圈的那个姑娘
正在惊呼　今日立春

雨　水

时节总有序
苍生又启动了一个
允许一切情意发生的时节
东风解冻鸿雁于飞
天地被轻盈的翅羽款款翻开
以一声鸟鸣投石问路
问一问这一段开始可以和谁涉足
而尘世正等你来写出一本新的诗集

只要愿意就能看清
树木正做着自己该做的事情
有风筝正试探着天空有怎样的胸怀
河流在群山之外悠然
而群山在静静地散发着微芒
而时光在渔樵对弈里悄悄流淌
群山之上天淡云闲
一种气息蒸腾而来
人在春间有雨无雨
都心生欢喜

就让心事泛滥
雨来了划好标点等万物填空
雨不来就命好主题凭世事发挥
从露到霜　从雪到雨
水的一生
一直都由四季来操纵
而你我的心情
是不是不该由外物来决定

把脚立在地上
把诗写在云里
闲看天际静听春语
用心于人间烟火气
看生命滋润于美好的事物里
这何尝不是一种幸福

就像总会有一场好雨
落在春天的大地里

惊　蛰

惊回首　已沉睡得太久
任凭冷漠与囚禁横行
是一种深重的罪过
怎能一直把世事
留给那些跳梁小丑
就连时光都看不下去了
一声声雷霆在催促
是时候了　该重出江湖

在适当的时机
能有个地缝可钻
这是一种救赎的本能
却有太多的事物
总想赖在舞台上独霸春风
虽然天空已看破了世事
还是忍不住愤怒
用一派热心肠发出邀请
请那些被日子压制的蝼蚁们
重见天日　共享春色
这种善念总能赢得掌声雷动

众生平等　就算身在底层

也有出头张望的权力
给个翻身的机会　不再蛰伏
和草尖一起向阳光致敬
光阴慈悲　都有一席之地
没有蚯蚓谁来耕耘大地
没有蛙声哪还有丰年
虫鸣失踪的田园
也会失踪生活的真相

没有只手能遮住的天
并非每一寸立足之地
都应该只属于王土
只想好好活着
在低到鄙贱的泥土里活着
早已一无所有　就剩下这点毒
太多的艰难不必提起
这才要好好珍藏自己的毒

只要是生命
就不会被黑暗驯服
一直拒绝在封锁里腐烂
比如身陷泥土的种子或蛇虫
只等这一刻风吹草动
苦难再多都交给花香掩埋
盛典不只是苏醒　更重要的是启程
面向光明　召集旧部　重整山河
为潜伏的命运蜕去卑微

给低到尘土的自己
一个羽化的机会

春　分

已经走到了这一步
还有什么能阻止繁荣
在今夜还可以是黑白对半
还可以平起平坐
而过了这一刻
一定是阳气日盛
春光已注定大获全胜

该来的都会如期而至
有一些重要仪式
总是悄然发生
只有今宵这平分阴阳的一刻
才值得起千金
才对得起那枝早夭的桃红
桃红下流光的悔恨

黎明轻易就扭转了形势
还有太多太多的纸鸢绚丽
想要在阳光下驰骋
还有花瓣落下的黄昏
需要静静地拾起
春天这就站稳了根基

云从沔水起

其实　所有的开始
一定都是从结局里诞生
没有多少半梦半醒的时分
春日的白昼已学会了
一点点去挤占夜色
暖阳横空　一脸喜气
为自己可以宠幸的光阴
又多了一寸而得意

是的　今夜过后
春光就会软糯熟透
就连婴儿都能够
放心地食用春色的浓醇
走过的田埂如此明亮
只因蒲公英都高举着阳光
向四野点染一番古意
以适应祭日敬神的箫笙

燕子正归　老牛正忙
一粒谷种正在冲撞时辰
今夜　借助一滴露的扶持
麦苗已奋力起身
从此　拔节　分蘖
敢于毕露锋芒
敢于踮起脚尖从阳光手里
为人间分得一杯杯

满是麦香的新羹

清　明

春色正在过期
大自然不含防腐剂
为那个人留了一夜的灯
纷纷凋谢还砸痛黎明
草替坟里的主人伸长了头
再不祭奠就已来不及
一场场雨正在领走花魂

树一直在门外沉思
谋划着就用叶修饰伤口
远山含蓄　因云而动
挺直腰身收纳归隐的春色
那些随花开一起
根植于乡野的词语
早已被东风误了终身

这个时节　总有
寒流赶来提醒
谁都不可久居花间
此生最稳定的家
其实不在高处而在地下
已被征用的嫩芽刚从
树木里掏出了全部的爱情

云从沔水起

深陷于火苗而无力自拔
气温一降就有眼泪敲打地面
让人心慌让新枝失了方向

能不能养活阳光
总是由幼苗们商定
预言的长势
都来自时间的暗示
还要一点点锄尽
杂草与杂念
那些野心未经驯服
不可留有余地

等这一炷香燃完
就该去四处漂泊
为探路亦为收获
有一些背井离乡
从来都只为重归故里
启程之前　一定
要囤积足够的暖意

谷　雨

从泥土的梦中醒来
细雨正簇拥黎明
——勘察春天的版图
巡视着谷芽的诞生

会有浮萍尽责
报告一方水田的平整

羊水已破　婴儿正露头
怀抱上时光的结晶
这一段春情就算修成了正果
雨一停　就该告别
春色已阅尽　春容已铭刻
是时候该把这凡俗的爱
提升到新的更深境界

七里香于路边挥手
忽略矜持　指点时序
清澈的花朵适合下一季
那就以这一滴雨为药引
把余下的春天全都吸进肺里
从此　就能用最清纯的嗓音
在每一处田园看青
布谷劝农　引导浓翠流动

云从沔水起

以最盛的热情繁荣每一个夏晴

立　夏

是时候了　所有的花朵
都应该全面撤退
退到一粒粒正在饱满的果实里
而庄稼　从不关心自己只是食物
一门心思地只管生长
只管结它的种子
那么　我也该渐渐习惯阴郁
渐渐忘记那些花事　忘记春天

有布谷羽翼渐丰
只用一声　就啄破了农事
蚕豆豌豆挺身而立
静候炊烟的检阅
收藏了阳光的油菜籽
安详沉稳　并不想对风说些什么

而风　只是吹向风
对于麦田　对于古镇
风　只是一个过程

天地始交　万物并秀
槐香让这个日子满是光芒
蛙声将鸣　蚯蚓一直在寻找时机
想要伸一伸被生活压弯的腰身
而童年往事将从这一天浮起
别急　等到沉默够了
阳光一定会阔绰地开花
而我　也该放下对尘世的积怨
给每一个日子仔细地灌浆

小　满

夏风渐烈　光阴成金
正在镀亮乡村的胸口
苦菜在山野流淌着乳汁
为黎明即起的劳作安心益气
布谷声顺着露珠栖遍田园

蘸一掬汗珠磨亮镰刀
这样的利刃才不会耽误
一直等候佳期的秧苗
采撷了那么多霜雪的洁白
一穗麦芒此心已安了无遗憾

阳气正盈　岁月圆润
雨水的亲吻让田地柔情荡漾
几点星辰点明麦浪的平仄
从这一刻起　人间不再凉薄
草木的命运已注定会饱满

阳光的检阅是对一生的总结
所有的籽实与所有的新苗
都是土地对昼夜最深情的回赠
那么　小满即可　此岁还长
只要内心鼓胀就能嚼出乡间甘甜

芒　种

汗水的成分
总是由麦芒唤醒

直到最后一刻
才能摸清一穗麦子心思的细密
细密里深深的警惕
这一颗心怎可轻易给你

因为疼痛
才知道血还在涌动
烈日一次次逼迫大地就范
必须追踪最后的云影

辑五 时光有爱

唐诗化为宋词
在黄昏细雨里流入风中
尘世沟壑纵横
岂是几缕清风就可以抹平
割麦或者插秧
为所有的草木都安排好宿命

露珠拂过秧苗
稗子和蒿草也听到了风声
所有的生长都不甘示弱
都在向大地点头致意
因此　乡亲的日子才这么辛劳
忙着揭示田园祥和的本真

而远山总是暧昧
就在炎热里记住自己的身份
根向下　叶向上
该青翠就青翠该迎风就迎风
总有新禾在见证
昨夜里曾爱过恨过的精灵

一滴清露就浓缩了光阴
灼热有多盛绿意就有多浓
再多的传奇也改变不了世事匆匆
一粒豆种　正在拱起泥巴松软

夏 至

风掠过四季
唯有夏至的消息
最单纯最透明
露珠清澈　水稻青翠
能把人领回童年
让生灵有了想爱的冲动

想要把握清凉的方向
唯有让自己沉醉于田间
四野安静已经用最清爽的绿
替天地写好了诗行
请暮色细细琢磨提炼

雨很急　总爱弄出些响动
而再大的阳光都无声
最深的感情总是说不出口
暑气正紧贴根茎上升
生命盛大的仪式正等待见证
喘息要轻　不能惊扰最深的虔诚

一树浓荫就可以让午后清凉
一声蝉鸣已穿越了唐宋
一朵云慢慢变软慢慢融化
陌上独行　浓翠拂我如羽轻盈

与每一株禾苗成亲　静候爱的结晶
在秋天诞生　然后普天同庆

小　暑

太过浓郁的注视
只会让花朵都扭过头去
被烈日一遍遍地打磨
这朴素的葱茏才足够锋利
这内心才不再陈旧

最陈旧的是太阳
年纪大了就想学佛
在古老的青峰上参禅
也在新发的绿叶上打坐
所有的生长都很安静
既遵从命运　又学会趁热打铁

能有一滴露水情愿滋润
此生就不能算贫困
何况　还有蟋蟀为邻
有鹰迎风而升　搏击长空
天地广阔　容得下日月唯我独尊
也容得下树木固守一隅

同是上蒸下煮　有人流淌臭汗
也有荷田田　清香溢远

不畏惧且挺立　以心为烛跳跃赤诚
自会有映日的别样风骨
谁也不能置身事外
高山再高都将被小草降服

是谁　欠下了蓝天骄阳的情债
一株水稻能够挺拔的高度
取决于此刻暑气的滚烫
想要让生命分蘖抽穗
就先要把日子焐热
有风　正把每一片叶都点亮
并肩扛住阳光冲刺的重量

草木安详　该怎么生长就怎么生长
从不担心谁来谁往　相信所有的汗迹
都会在泥土里成为灵魂的营养
只有不被炎凉招安的生灵
才有资格纵横江河横渡光阴
才有可能固守深根　才能繁盛此生

大　暑

不要再跟着风到处流浪
草木早已被时光通缉
夜色正一宿宿拔去青丝
告诫你此生行程已半
就连萤火虫都打着灯笼

迫不及待地挣脱一茎草叶
太多的记忆即将清零

从来没有什么仙境
云天已没有了多少隐私
月宫一次次臣服于雷雨的任性
灰尘是生活必不可少的配料
星空只管蔚蓝
而大地还要负责七彩变幻

只有乡亲才知道
所有的花开不是为了你的眼睛
除了农民　还会有谁
最关心一株草木的心情
而土地潮湿　雨水已满塘
留给季节的时间已经不多了
一滴水　从根须到叶尖
怎能少了阳光的点化

太多的人想要长生不老
不承想　却是植物修成了此道
岁岁天真年年开花何须轮回
从不在乎那些妒忌的斧刃
看尽一代代农人在伏香袅袅里
俯身田园　勘察命运
心的滚烫决定着此生的茁壮
稻花的清香升华于酷暑的熏蒸

辑五　时光有爱

你的这一生实在不够成功
和岁月相处了这么久
却没能日久生情
阳光一言不发　任你消散于无形
只能借一杯茶附身
清空心灵　随窗下的清风还魂

暑气太盛　归途都起源于顶峰
碧绿再幽深也深不过光阴
越想留下来　越不得不归去
树木山川和大地做伴
在炙手可热里一直很安静
一个果实在热风里日渐饱满
草木入秋的目光才能安详

辑五　时光有爱

霜痕暴露了草木归隐的行踪

立　秋

一粒启程的晨露
剥下了繁盛泛光的油彩
不要想隐瞒什么
有风倏忽而至
翻开了时光的账簿

其实　大地
一直不愿袒露自我
纵容草木疯长
为自己遮羞
如今　荒草将枯
真相就要暴露
而眼眶里盈盈的清泪
何时才能修炼成雪

收殓日渐腐朽的遗迹
空留一地霜花

流萤牵着心灵
早已流浪　早已远走他乡
肉体就一天旧过一天
随时　都可能重归故土
如果不想一贫如洗
就像那棵树
放下积怨已久的叶
才会有明亮抵达深根
占有一颗星光的最好办法
就是置身于夜空
因高远而对世态的炎凉
满是不屑　满是从容

有些事情要来
始终都会来
立秋　拍响惊堂木
一段风中的悬案即将解开
秋后算账　秋后行刑
秋后要做的事还有很多

处　暑

云流蓄谋已久
早已贪图这一片天空的高远

辑五 时光有爱

一场雨　横刀立马
喝退不肯死心的热望
用清风隔断红尘
身旁　满是炎热离去时惊起的鸟鸣

葡萄　早早就掏出心脏亮给生活看
而核桃不惧打砸　敢于质疑
人类比一棵树的大脑能好使多少
只有蝴蝶　飞旧了光阴
也没能找到庄周的梦在何处

田园正慢慢将一季阳光举到头上
每举高一点　田野就金黄一点
直到乡亲的目光把庄稼看得羞红了脸
把层层包裹的珠玉
全部交给呵护自己的人
把这一世的旱涝恩怨一笔勾销后
现在　满坡的玉米已了无牵挂
砍倒那一片玉米秆
就砍倒了秋老虎的旗帜

村姑擦拭着汗水
把满篓的玉米棒高高背起
背向了高于俗世的角度
沉甸甸的玉米棒子湮没了村姑的俏丽
却湮没不了她散发的光芒
光芒里　她就是村头旧庙里的菩萨

而疯涨了一季的野草
其实不是枯萎了
只是把浓稠的翠绿注入大地
喂养她沉睡的孩子
静候下一场季的春风又起

白　露

其实　最先回归故土的
不是一粒草籽　不是一片落叶
一翎翅羽无论曾经有过怎样的高度
见识过多大的天空和视野
重要的是能最先嗅到萧条之气
早早在森然寒意袭来时
看清云天之下的山河
山河广阔的脉络里
只属于自己的那个草窠

风烟已俱净　见识了整个乾坤
游历了炙热的纷纭世事
满身伤痕满是风尘的水流
选择在今夜端坐上草木的祭坛
把自己净化　让肉身重塑
成就一滴露珠的清白

气温降得太快

太多的纯朴太多的最初
都来不及回归到高处
就和一茎瘦叶相依为命
而薄花素词已闭合成一粒粒种子
正交付群鸟细心储备
以春的芳魂　把冬月喂养

早就没有了退路
一片雪　一枝梅早已在等待
等待盈盈眼波剃度天下
还山川简洁　为光阴留白
而你　才能在斜阳之外
在月冷千山里明白
这不是云朵的最后一秋
却一定是你我最后的一世

而今夜　你的泪花是否还晶莹如昨
是否还能把来时的路上那些细节一一还原
从明天起　如果你也会走过陌上
我愿意染你双履清凉
愿意洗你双目不再失明
让你看清你的往昔　你的曾经
然后　把曾经的所有伤害一一原谅

秋　分

该撤离的已撤离

云从沔水起

该前行的已无惧
秋阳正四分五裂
在送别的哭声里
每块碎片都均等

云朵正擦亮黄叶
曾经俯瞰过的大地
已成此生最后的寄托
风声愈来愈紧
多余的心思都将落空
冷暖不过一线之隔

一根枯草系不住夜色的呼吸
徒留一地光阴过境的踪迹
有水皆清 只因起源于双眼
树木伫立 任凭季节丈量
有多长的高度就会有等长的阴影
雁鸣声声 叫魂走失的时令

群山悄然隆起
宣布大地的孕期
鸟影飞越阴阳
拉长世事的空旷
有星辰在颤抖
从此 就要随一滴月光
沦落凡间 等候雪花的拯救

而佳人何在　桂香浓郁
蒹葭已向岁月举起了白旗
唯有山色纯净　唯有河流清闲
听风数雨　漂洗光阴
看天地从此心无邪　思也无邪

该告别的已经告别
该遇见的似乎一直都在
等候着宿命编排一些情节
分别　永远都是光阴的必修课
岁月并不奉天承运
秋风一过　天下自然会平定
万事均等　疆土辽阔

寒　露

在这多事之秋相逢
你的眉眼还清澈如初
出走半生　踏遍红尘
我一直知道你经历了什么
夜色越来越凉　凉透了双足
我从不多问　我知你终将回来
那就　从此开始归隐

曾是春水　现为秋魂
在与时光长久的对视里
互相考验　然后赤裸相对

彼此抛弃多余的装扮
冷寂并不值得伤悲

只要那一株苗还在
你就不离不弃　洗身润根
而风只是经过　从没有爱过谁
草木早已习惯了自生自灭
桂花正随薄暮逸散
一场雨就多了一座空山
你却总是怀揣着清泪

今夜　你悸动的面容再次沉静
就算风影已绝尘而去
手掌已满是寒意
我明白　这都不能让你死心
知道了痛就会知道珍惜

有一些重量必须负担
有很多的光阴必须凝结必须沉淀
见惯生离死别见惯雪满山野
你一次次跌落一次次重生
在花开的高枝上闪亮对尘世的热爱

霜　降

风　寒着脸
刮尽树木的浮名

最后一滴露珠饱含着忧伤
而天　却越来越空
所有的云朵
都在抚慰草叶的斋戒

三春的跋涉重归苍茫
而微光还保持着星芒的仪态
赤条条是最初也是最终
孕育和埋葬都来自同一方土壤
空旷和一无所有并不相同
此生的足迹正一一显影

鸡　依旧在鸣
茅店早已不合时宜
板桥却穿越不了光阴
而舞台不能冷场
越是寂寥越要启程
不可渲染世事的凉薄

太多的秋叶抚掌长叹
悟透炎凉　从此一夜爆红
高枝上翘首以盼的柿子
在战栗中羞涩脸庞
而南山下的那一片菊
早已拟好了高傲的辞章

从今夜起　不再留恋月色

辑五　时光有爱

云从沨水起

早早打开门　细细揣摩入冬的路径
于晨曦里辨清覆水的模样
呵一口气　保持对岁月的热爱
在这宣纸上点下第一行脚印
等它一天天开成梅花　惊艳俗世

雪花赶来只为证明此冬的清白

立 冬

因为暮归　才有落日
打捞起飞鸟的翅痕
已经习惯了节令的催促
就算有冷风迎面而来
也暗淡不了笑意的光泽

因为夜黑　才有灯盏
绽放不显眼的温暖
一片落叶躺在低低的角落
依然在凝聚高处的明亮
昔日的絮语还在闪烁

因为固执　才有可能
开启对雪花的期盼
幸福不可复制

倚炉静待故人晚归
屋外轻盈又急促的脚步声
是不是可以抵达时间的终点

小 雪

小雪如期而至
而天空冷漠气氛灰暗
雪藏在高处　在尘埃之外
慢慢铺陈　静静觉醒
找不到可以舍生取义的信赖

从春到秋　忍了很久
雪从不愿把自己的喜好
强加给低处的河流
而现在　岁月已经特赦了
所有的过往所有忧愁

远离赞美　成为隐者
才能撩拨炊烟的起起落落
一次次拒绝落草为寇
只为能在绝望时写下盛大诗句
能再一次脱胎换骨

就从温暖里退位
温暖只会让土地干渴
而江山的本色只属于苍白

悲伤从来就没放过谁
包括微笑　包括小小的雪

伸向星光的手掌上
似乎满是天使淡淡的呼吸
没有叶　无以表白风的虔诚
夜色安静地为生活把脉
这人间　值不值得以身相许

大　雪

雪落大雪
为一路向寒铺陈背景
节令有信有度
是该验一验
那些山盟海誓的真诚
银杏　已抖落了一身功名

草木从不害怕冬深
冰霜寒得了天地
寒不了收敛的身心
只怕　黄昏时
提着斧子走进山林的人

也不是畏惧死亡
只是不甘心
饥寒的眼里只有柴火

却看不见栋梁

死就死吧
经历了繁荣　无憾此生
如果能燃一堆大火
温暖眺望归路的身影
也是件幸福的事情

怕只怕　却要去
把曾经相爱相拥的雪花
烘烤　焚烧　熔化
眼睁睁看她香消玉殒
却无力拒绝

就算　劈柴煮雪的人
都活得不易　都值得怜悯
可来生　这新枝
又该如何面对
春水的亲吻

雪在夜色里归来
大地在凌晨铺开了试卷
那些漂泊在外的人
不知是该归还是不归
起步　却无处落脚
最好的答案都写在灯下
就让迟到的阳光

一一掩盖迷乱的行踪
有人正随雪花一起消融
借机就摆脱了肉身

冬　至

小雪大雪之后
目光就潮湿了起来
万物已藏　诸繁已简
只有在冬的深处
我们才能认出自己

因为云朵的逼迫
这一天萎缩到最短
在这一天里
问询前程已不合时宜
同样　又有谁愿意
将往事重提

风已占领了
你留下的空白
还有许多凛冽的记忆
在身后紧紧跟踪
而越是低温越能保鲜
有没有饺子其实并不重要
世间都说　有人念叨
你的耳朵就会一直发烧

攒了多少时光
才把这一夜延伸到最长
冬至　你也该至
那我就隔着世事而坐
不担心　不思考
伴着雪花静等敲门声响起
你一定也明了
此刻　就是一生

小　寒

白昼覆盖夜色
夜雪拒绝了星月
只有枝干挺直了风骨
河流也过于悲观
开始把滴水一一挽留

北风再用心雕刻
也拯救不了
山峦愚顽的势利之心
倾尽了所有的热血之后
枫林又是一无所有

省略掉能省略的装饰
剩下的才是
不愿为谁轻易心动的沉稳

路口其实就是风口
每一下心跳都只属于自己

围炉而坐太过形式
这时节已不热衷于修辞
如果总是深陷于拟人与比喻
又该如何找到进入光阴的入口
而云总是霸占阳光的出路

行踪不由大地做主
收敛与归隐是此刻的主题
随一朵雪去丈量旷野有多苍茫
一夜霜起雪落足以攻陷山河
世道又重回最初的模样

大　寒

最初的时候
目光全是风轻云淡
指间的日子无拘无束
看不见阴影　只看见奔跑的蓝天

夜色总是短暂
酒过三巡小麦已小满
然后是等风　等风来清凉浮生
却等来了落叶要挟群山　群山默然

该发生都已发生
光阴无辜　露白霜重只与慈悲相关
翘首企盼的重逢早已错过佳期
何须自我辩护　有谁能回到从前

其余的鸟鸣且随雨而散
精心布下的迷局禁锢不住欲飞的痴念
亭台渐老　河流只顾自己快意恩仇
而月光如刀　正一遍遍刮去锈斑亮出那时的眉眼

一再退守　在最深的寒意里隐身
还好　有小雪大雪可以许诺一段心愿
没有哪一根白发值得炫耀
毫无疑问　梅香暗度的是对红尘的眷恋

围炉而坐　内心满是如水的羞涩与祥和
不必讨价还价　能够据为己有的败给了时间
除了阳光和心灵　太多的事物最终都会背信弃义
大好江山将拱手相让　大地一次次逼万物就范

天越冷酷地越赤裸越坦诚　从不为谁掩饰
那就用这一生的极寒来淬炼　淬炼明天的温暖
极致即是终结　即是转折　大寒身后是立春
而尘世有没有准备好　一手祭奠苦难
一手接过春天的请柬

辑五　时光有爱

乡间端午

这些水灵灵的秧苗
都嫁了个好人家之后
山野的风里就有了
一袭艾香的清淡

五月只轻轻吹了口气
草木就葳蕤　内心就丰盈
足以奠基一个盛世的葱茏
理好大地容妆的乡亲都已归隐

天空宛如热恋的目光
怜惜草木与苍生
青翠就坐拥万里山河
舒展大开大合的乡野气象

绿风淤积成玉
阳光正浓　叶影正软
世事刚刚清澈透明

暑气渐盛　谁来伴菖蒲终老

在水边　在龙舟竞发之前
抬头挺胸　以最端正的身姿
尽可能地靠近正午的阳光
摸清一种文化千年以来繁茂的长势

江面如镜　落满历史的烟尘与歌声
适宜去采一些带露的箬叶
将历冬经春的红豆红枣包裹
以人间烟火细细蒸煮平淡的生活

而香囊吐字芬芳
针脚满是细细密密的叮咛
这一杯雄黄酒不为五毒
只为尘世有没有悟透生命的动静

辑五 时光有爱

七夕总在秋风里

鹊羽纤弱　如何
撑得起爱情的分量
一夕匆忙　怎能
容纳下日常的内涵
缠绵已碎　只诉珍惜
所有的浪漫都只是文人们
偎红倚翠时的一厢情愿
七夕　一直都有秋风在掠过
揭开一些相逢凉薄的隐情
告诫世人都要看清现实

其实　能在凡间
脚踏实地默默相依相伴
更能抵挡身后的秋来风急
还有雪落茅屋柴门犬吠
人世更多更深的寒意
正随清霜接踵而至
金风玉露的千百次张望

又怎能胜得过
万家灯火里朝朝暮暮的坚守

是否　正因为这
一年唯一一次的相聚
才成就了这一份传奇
千百年来还美好如初
假如　也能够朝夕对视
只怕就没有谁
会再想去一探结局
其实　这一对佳人的最大劲敌
这一段浪漫的最强对手
不是银河　不是王母
很可能只是平淡琐碎的相处
只是因风而起的尘埃

也只有事不关己
才能轻轻松松地围观
才能虚构出这绚丽的幸福
而两个当事人一个家庭
身在其中都始终无语
夜空的繁星与窗口的明灯
总是一同待奔涌到眼前
质问着生活　质问
身在凡俗的你们该怎么选择

一夜匆匆　秋风已起

就该考虑寒衣考虑过冬的生计
号令已出　星月凝露
叶将以血红祭奠青春与爱情
树将以舍弃与安静回应
一次严酷过一次的时光拷问
而要偷窥今夜那点事的芸芸众生
有没有做好秋寒渐劲的准备

就迎风扶正
在喧嚣中倒伏的爱情
再把扑面而来的第一片晨曦
夹进世事流转的相册
一些起伏总是来得太快
有时候　相见与想念
其实　只隔着一夜星光
只隔着门前稻田飘香

还没来得及
品咂出个中滋味
秋风秋雨早已是重重包围
正惊散此夜余温
岂不知　归程又起
而归程未起时
相思已起　相思更重
这一夜的相逢更是
此生此情说不出的隐痛

中秋　今夜以圆月下酒

月赶在今夜圆满
只是想为中秋
添一道丰盛的下酒菜
这一壶酒已酝酿了千年
最适合在此刻共饮

不说一世清贫
不提此行阅尽山色
唯有这样的时节
才有资格与月对坐
毕竟这一盘满月
足以见证信仰

花已成果　叶又将落
今夜　月光的滋味
可以自由调配
已经见过了太多世面
应该知道怎么取舍

辑五　时光有爱

有没有糖与板栗核桃
其实已不再重要
以清辉调味就足以思念
以乡音调味就足以
重回月下的村庄童年
能将菊香入味
定然会有清风拂面
诗韵盈满小院
如果还能用
家人的叽叽喳喳声调味
就是此夜最好的配方
足以饮尽全部沧桑

今夜　有月色如馅
有桂香佐酒　那就喝个够
把堵在嗓子眼的
感怀与沉吟都饮尽
天一亮　又该再走进
此后的阴晴残缺

重阳：登多高望多远

山巅上那种空旷
旷野里隐居的黄花
还在等待霜降的检阅

还有云朵需要送别
雁翅需要安抚
那滴露珠还在盼望领养

枫叶满脸羞涩
证明了秋风已经吻过
没有爱过的叶只能愁容憔悴

唯一不让秋风操心的
只有江河已深入过世事底层
现在一心向东不为谁留情

就算耗尽一岁积攒的情感
你又能登多高你又能望多远

而人影已淡　淡过菊影

任由霜寒把内心的幽香
锻打成这一瓣瓣鲜烈风骨
才有资格去登上双鬓

其实你登高所见的
秋风都已替你看过
人渺小倒不如一片秋叶

楼高　高不过山峰
车豪　豪放不过流年
身边的人很容易就走散

再登高你也没有秋风高
秋风一直在俯视众生
时机一到就派大雪把世界清空

你登高就专注登高
为何还要在途中吟一首诗
惹得秋风都凉透

仅有一个九还不够
必须九九重逢　这阳气
才足以抵御余生光阴的侵蚀

过年 回归乡下

在二十四节气里
慢慢地煎熬
自然会有风来
把腻在心里的那些浮沫
都一一撇掉
再烫一壶岁月酿成的酒
坐下来歇一歇
被草木追赶的腿脚

昨日的脚印已如卵石
总有几个会在时光流过之后
暴露在河滩上
占据一处景色的位置
红色炉火的炊烟
与窗外如约而至的
每一朵灯笼
相视一笑就心意已通
今夜　可以让一挂挂日子

串成的大红鞭炮
对着天对着地
替自己咆哮三五声

每畦庄稼都环绕着村庄
就是最贴心的闺女
正是做梦的年纪
静悄悄地睡着懒觉
老屋旁的河水
总爱躲在暖阳里喧闹
山村安静　乡亲安好

被土壤的觉醒一路追赶
立春依然在时间里拈花微笑
而现在　这座山　这个村
既是岁月的归宿又是春色的开端
提着人生的行李
站在现实主义面前
愿意等候一场大雪的麦苗
越来越少　但这并不能
改变春风归来的行程

云朵渴望着能够重回大地
进村的路都已硬化
日子　只不过是
从一张车票到另一张车票
过年的滋味　是浓是淡

辑五　时光有爱

云从沩水起

只有乡村自己知道
但回到乡下过年
就一定能看见一株麦苗
已把春意推举到眼前
只等你来相牵

就算那些曾经的野花
还能静静地伫立在从前
然而　谁又能够再次路过童年
蒲公英的命运没有谁可以去逆转
谁都逃不过时间的打扮
过年时　一定要在乡音里
仔细打听到自己前世的容颜
且以心为灯　点亮正月的圆月
然后启程　去细细探寻
每一个节气岁岁重生的起源

辑五 时光有爱

八九雁来撩开春的胸怀

雨水已过惊蛰又临
晓妆染红的花朵即将成杏
柳枝已鞭打河开　有雁归来
每一声鸣叫都高亢
都在打磨着春天的亮度

一次次在命运里迁徙
向着天空写下一字和人字
大雁只是想让仰望的人
都还能相信一路生死相许
一生只爱一人　就一定能
历尽苦寒重回春天

露白金秋　物华将尽
大雁无所畏惧就布阵南征
在天高云淡里穿行
俯瞰秋水澄清纷纭世事
雁阵过处精神一旦清朗

云从沔水起

心胸怎不开阔队形怎不振奋
即使露寒霜起雀鸟隐形
天地之间也从来
不会缺少向上的羽翅

小寒寒　六畜安
来年的光景已在积攒
雁群随阳气自南往北回升
飞回故乡　那里才是
最温暖的地方
才有可以生儿育女的家乡

有了雨水的加持壮行
北归的气势才如此充沛
久久张望的视线不必再担忧
远方的人不曾有过二心
阴谋都已被雪花洁净
背叛都不曾发生
不辜负白雪一冬的哺育
春天已初长成
正等柔风来梳妆
等第一朵桃花来对质
胸口上那点朱砂痣

巡过山查看过水
大雁以一次次长途迁徙
向春光提交了横渡光阴的罗盘

去扶起草木拱出的地下火焰
长天雁鸣歌声嘹亮
赞颂着飞翔与远方

可世人已被冰雪围困太久
不敢走出一朵云画下的牢笼
此刻　如果还能仰望天空
就向每一声雁叫致敬
重拾向远之心
追随归来的雨水
在春的枝尖攀登上一缕风
去——囊括天下河山
惊动蛰伏的雄心

有雁归来　就已证明
花朵都将回家　天下正太平
数清九九八十一难
寒一尽　春就来　花会开
爱一直都是春风的天性

云从沔水起

后 记

　　站在家乡的田野里，仰望白云为蓝天烙上胎记，我知道，这些白云都是从不远处的沔水两岸升起的，又在沔水河面上梳妆，打量着自己的旧时模样。站在远离家乡的土地上，仰望白云从蓝天上游过又漂泊往远方，我知道，这些白云都是从我家乡的沔水两岸升起的，这些白云来到这一方异乡的天空徜徉，只为让我看到家乡的沔水，看到沔水两岸的春色，沔水两岸春色里最醉人的农家小院，农家小院里正升起的袅袅炊烟，袅袅炊烟在天空里融化，融化成白云的一部分，与蓝天白云一起，向我述说着沔水的清波，清波里的童年歌谣。

　　"夏禹崩来一万秋，水从嶓冢至今流。"沔水，汉江上游的古称，涌动在秦巴谷地中，流淌出一方古雅之地，并因此而赋名为沔县，而我就有幸生在这里长在这里。"沔彼流水，朝宗于海"，"沔彼流水，其流汤汤"。《诗经·小雅·鸿雁之什》中的一篇《沔水》早已证明了我的家乡一直都诗意流淌。

　　沔水从先秦时代一路奔流而来，源自《诗经》的吟诵使人们把沔水以及沔水东流而成的汉水视为上天赐予的神河，与天上的银河相对应、互为镜像、互为仙界人间、互为精神与现实。"汉江一带碧流长，两岸春风起绿杨。"沔水悠悠，沔水长流。流过三千年时光，培育了沔水两岸儿女对这一方热土的痴情深爱。

"荆棘苍苍汉水湄，将坛烟草覆余基。"沔水悠悠，沔水长流。流过三千里山川，滋润着从沔汉大地上延伸向八方的汉风汉韵。而我，能够有幸生在这里长在这里，就注定了我应是沔水里的一朵浪花，一生要为沔水而歌。

正是沔水的滋润，让我迷上了诗歌，一直行进在诗意芬芳的文学路上。2010年出版的诗集《星空有我》是我的第一部诗集，总结回顾了我早期的诗歌写作，更让我看清了自己的不足，认识到了自己的作品与优秀诗歌之间的差距，鞭策着我静下心来多读多思，以更加勤勉而谦卑的态度细细打磨只属于自己的诗句。感谢南京众祥文化传媒有限公司的倾情扶持，使我能将2016年、2017年的诗作结集成册，这就有了我的第二部和第三部诗集《与江河对饮》《有风弹奏山川》。之后的岁月里，我没有停下读诗写诗的脚步，但我调整了自己写诗的方向，因为我在写诗过程中，渐渐清楚地认识到，我必须把目光从远方撤回，回到身边回到家乡，抛弃一切功利之思，抛开一切追逐之心，抛舍一切喧嚣之境，让自己身在沔水心也在沔水，发现和提炼沔水两岸的诗意，呈现和升华沔水两岸的诗意，让我的写作回到初心，回到诗歌的初心，回到生活之美家乡之美人文之美自然之美的初心，于是就有了《云从沔水起》这一部诗集。

一部《诗经》之所以流传至今，就在于它来自社会最底层，十五国风就是生活之歌民间之诗，正是其浓郁的生活气息让《诗经》有了经久不衰的生命力，它一再提醒诗歌写作者，诗歌源于生活，如果与生活有了距离，诗歌的花朵就会枯萎。因此，我一直反对将诗歌神化、圣化和精英化，端坐于远离尘世的云天，高高在上，无视众生，以深奥的术语掩饰虚无，以艰涩的词句掩盖平庸，以扭捏的神态掩藏空洞，一派臆语让人读后不知所云，孤芳自赏自立山头却曲高和寡，从而让诗歌越来越小圈子化、小众化、僵化。但同时，任何艺术都要高于生活，诗歌更应当高于生活，如果不能高于生活，势必格调低下，势必亵渎与伤害诗歌创作。因此，我更是坚定地反对将诗歌低俗化、庸俗化和媚俗化，反对以诗歌写作挑战中国人几千年来形成的最起码的审美观，同时也反对宣泄低层次的欲望、热衷哗众取宠的丑态、罗列无意义的废话、以诗歌的名义戕害诗歌糟蹋诗歌毁灭诗歌。诗歌应当在具有灵通、灵动、灵魂之后，要更加富有人气、地气、烟火气，更加富有作者对眼前所见景物事物所能够给予的最大限度的个人思考和人文关怀！因此，一个真正的诗歌写作者，一定要守住诗歌的门槛，不能将那些污秽和非诗的成分放进诗歌的殿堂。我愿意扎根于自己所在的家乡，根植于自己所处的时代，在凡俗生活中挖掘隐蔽的诗意、张扬生活的美好、探索情感的深度，用汗水和着泪水写出具有鲜活生命力和高尚灵魂的诗作，为自己的家乡代言，让我的家乡因为我的诗歌而更加美好。

这部诗集就是对故乡、对故乡山水、对故乡时光的个人记忆与个人情怀，就是用诗句构建的故乡宏大之境与幽微之情，沔水与青山在大地上刻写下时光密码，三国故事遗迹在为那纷争的年代留念，蓝天与白云、小麦与水稻在滋养一方人脉的兴盛与恬静。在晨风或暮色里，在繁花与霜雪中，于沔水两岸行吟，于定军天荡怀古，于田园绿野漫步，于时令节气赏景，正是故乡教我领会大自然开创的至情至纯至高诗意，正是故乡给我关于美学哲学文学的最初启蒙，正是故乡辅导我认识了历史与时代、平凡与朴素、安静与深情，让我看见了历史的壮阔与微观、时光的悲悯与无情、生活的苦难与坚韧，让我深深明白，每个人的生命意义都是在家乡实现了与时间、与空间的最初的连通，个人与家乡、与家乡山水、与家乡历史的心意相通，一个人在当下与曾生活在这一方热土上的先辈们、草木们、飞鸟走兽鱼虫们的心意相通、

后记

心有灵犀、心有戚戚，从而油然而产生人格关照、人文情怀、人性光辉，达到个体生命与故乡山水、与故乡亲人、与历史遗存的一脉相承！

  沨水两岸的大地上，一直生长着希望与美好，沨水两岸的天空里，一直盛放着白云与霞光，白云与霞光使我身边那些让我终生难忘的事物升华，永恒。每天，生命在沨水的涛声里入睡，又在沨水的浪花里醒来，我知道，一夜之间沨水又给我的生命注入了活力，又给我的生活翻开了新的时光，又让我可以去诗意地生活，从生活中走进沨水扬起的清风里，任她吹动我的思绪，任她催促我去写下一行行诗句。对于沨水和两岸的大地，对于沨水两岸的家乡，对于家乡的庄稼与亲人，我知道我并不一定能够真正写出她的美丽，并不一定能够真正写出她的善良，并不一定能够真正写出她的深情与光芒，但因为爱，我凝视她的目光中有泪水流淌，我抚摸她的掌纹中有阳光流淌，我歌颂她的词句中有诗意流淌，流淌成沨水汤汤，流淌成云朵在沨水之上徜徉。

  我知道，就在我写下这篇后记的时候，就有云朵正在沨水永不停歇的清波里升起，升到田园之上，升到胸怀博大安详从容的天空，升到天空紧紧拥抱的无尽时光中，涌动万千气象，擦亮银河星光，回应沨水悠长……

张鸿雁

2021 年 10 月于沨水之畔